救了遇到痴漢的
S級美少女才發現是
鄰座的青梅竹馬
謙之字
Illustrations Fly
2

①與青梅竹馬她們的戶外活動　其1

在沉甸甸的超市塑膠袋中，裝了烏龍茶、柳橙汁以及可樂三種寶特瓶裝飲料。

明明才只是四月末而已，日照卻已經很接近夏季，紫外線彷彿在刺著人們的肌膚。

手上提著籃子的伏見，似乎很開心地走在前面。我朝著她的背後開口道。

「我看這附近大致就可以了吧——」

「感覺應該有更好的地點耶。」

我們來到了擁有一大片草坪的綠地公園。

「快點，快點嘛。」

伏見好像很開心地催促我。

這位從幼稚園就一直在一塊的青梅竹馬，是個與眾不同、出類拔萃的美少女。

差不多是在升上中學那陣子直到高一，我們之間出現了微妙的距離感，但由於某件事的契機，我們又找回了真正青梅竹馬該有的氣氛。

她的穿搭審美雖然有點詭異，但今天看起來還滿正常的。

櫻花都凋謝了，伏見才說什麼想出門賞花，所以我才在無奈之下跟她一塊到這邊野餐。

周圍有家庭及看似大學生的人們三五成群，鋪著野餐墊各自占據一片樹蔭歡快地喧鬧著。

「呃，姬奈姊姊到底想走到哪去呀？」

我妹妹茉菜以一臉不耐煩的表情對我問道。

「妳問我我問誰啊。」

茉菜手裡也拎著裝滿午餐的便當盒。

我這個完全是一派辣妹打扮的妹妹，實際上的性格並不如外表，是個非常賢慧且廚藝高明的女孩。

「伏見同學，妳好像很開心。」

把野餐墊抱在胸口前的鳥越這麼說道。

這位跟我同班的圖書股長平時性格嫻靜，在一年級的時候跟我建立了午休一塊在物理教室用餐的關係，但後來不知道發生了什麼事，她竟然向我表達好感。

「姬奈姊姊——？等一下嘛——」

這時，茉菜加快腳步追上伏見。

我跟鳥越則目送她離去。

「妳第一次看到我妹，那樣還可以接受吧？」

「嗯，不討厭就是了。」

還以為茉菜跟鳥越應該會水火不容，但看起來似乎不成問題。

這次的野餐，當初本來預定只有我跟伏見單獨成行，不過後來又約了鳥越，而剛好在旁邊聽到的茉菜也吵著要去，最後就變成現在這樣了。

「小諒——！鳥越同學——！這邊這邊！」

伏見發出很亢奮的叫聲，朝這邊揮手。

「我們過去吧。」

「走吧。」

我跟鳥越邁開步子，前往那兩人所在的大樹樹蔭。

「……今天謝謝你，特地約了我。」

「不必客氣。」

跟我認識的人們如果彼此都能建立友誼，大家可以一起做的事感覺就變多了。

像這樣一塊出門，搞不好還挺有意思的。

老實說，本來以為鳥越應該是不會想來的。

「伏見好像想跟妳變成好朋友，我也希望妳們能好好相處。」

她向我告白後，我雖然沒有明確拒絕她，但鳥越應該已體察出我的態度了。這樣一來，她就跟伏見處於情敵的立場。

因此她跟我和伏見一塊出來玩，我實在很懷疑她會感到愉快。

「公主大概也需要能讓自己放鬆心情的侍女吧。」

「她應該沒把對方視為什麼侍女吧。」

伏見跟茉菜從小感情就很好了，況且也不是同班同學，至少據我所知她們之間不是那種情況。

關於這點，如果是鳥越應該有不少心得吧。

「高森同學跟伏見同學我都很喜歡，所以，我今天很開心。」

「別、別說這種會讓人害臊的話啊。」

「等等……這有什麼好害臊的。說話的我都不覺得丟臉了。」

我們彼此都別開臉，忍不住噗嗤笑了出來。

「姬奈姊姊，不知為何，葛格跟鳥姊姊好像滿合適的耶？」

「哪、哪裡合適了，他跟我在一起比較合適吧。」

「噗噗噗，有人吃醋了。」

「我才沒有。」

我們來到正在打鬧的那兩人跟前，在地面攤開野餐墊，這下終於可以坐下來休息了。

「葛格，可樂。」

「還沒吃飯就喝可樂喔。」

有什麼關係嘛，快點給我——由於茉菜催得很急，我只好把可樂倒入紙杯遞給她。

接著她灌了一大口。

「妳喝太猛了吧。」

「好喝，可樂最棒了。感覺自己的血量上限都提升了呢……」

我可以體會她的心情，不過才不會有那種效果哩。

化身為飲料供應機的我，在眾人的要求下，將各種飲料一一倒入杯中。

伏見和茉菜則各自將事先做好的便當打開來。

茉菜的作品，感覺就是野餐該有的樣子。菜色內容包括飯糰、炸雞塊、小香腸、日式煎蛋捲、葉菜馬鈴薯沙拉。

大概是一大早起床弄的吧。我這位妹妹真是洋溢滿滿的母性，雖說她外表是辣妹就是了。

「小妹的便當，還真是王道啊，不過這樣正好。」

「對吧？還是鳥姊姊最懂我了——」

嗯嗯——只見茉菜似乎很滿足地逕自點著頭，接著才瞥了伏見的便當一眼。

那是一大片棕色的南瓜田。

「……姬奈姊姊，這是……故意做來讓大家吐槽的嗎？」

「咦，怎麼會？雖然我不應該自誇，但這個很好吃唷？」

「呃，這種情況已經不是好吃不好吃的問題了吧……」

伏見又幹了跟上次一樣的好事……感覺像是把多餘剩菜分出來的便當。

「是說，反正這是葛格喜歡的菜色。該說是經過精密計算的狡猾天然呆嗎？抑或只是單純的天然呆而已？」

茉菜陷入了驚慌。

「我、我拿手的菜色就只有這道而已，應該無妨吧……既然是難得的野餐，總不能拿去當廚餘倒掉吧。」

「廚餘。」

「廚餘。」

「廚餘。」

以我的發言為開端，那兩人像是在輪唱一樣接著複誦。

就像提高警戒的貓咪一樣，茉菜用指尖戳了戳南瓜，隨後膽顫心驚地嘗了一口。

「……好吃。不過不知為何心情頗為複雜。」

我之前也體驗過一樣的感受，因此非常清楚茉菜想表達的意思。

「只要一想到葛格的事，南瓜的分量就怎麼也停不下來，是這樣嗎？」

「伏見同學，妳生病了嗎？」

砰——鳥越毫不留情地直截了當問道。

這種尖銳的質疑，應該要用糖衣稍微包裝一下才對啊……

呀哈哈——結果茉菜被戳中笑點了。

「葛格，你慘了。如果你跟鳥姊姊搞曖昧會被殺掉喔。」

「我才不會殺人。」

「我才沒有搞曖昧。」

姑且跟著應付一句好了。

當初就是擔心會發生這種事，所以我事先叫伏見不必準備便當沒關係，結果她對茉菜的競爭心態被點燃了，嚷嚷著「那，我也要做！」絲毫不肯退讓。

如我所預期，伏見又弄了南瓜田，結果又被大家嘲笑了一番。

眾人傳好了免洗筷跟盤子，紛紛對便當大快朵頤起來。

「小妹的飯糰，捏得這麼小感覺很可愛。」

「是、是嗎？因為我的手很小，所以才——」

大概是受到出乎意料的誇獎方式吧，茉菜害臊了。關於這點，我以前從來沒發現。

伏見也興匆匆地等待大家發表感想。

南瓜我之前就品嘗過了啊……

儘管這麼想，但她既然特地做了這件事還是得心懷感謝，於是我吃了一塊。

「嗯，這個可以。」

「太好了。」

伏見臉上頓時綻放出宛如春日陽光的和煦笑容。

「這裡還有，請多吃一點。」

她將便當一股腦朝我這邊推過來。

「既然燉南瓜都可以煮得這麼好吃，那其他燉菜應該也可以嘗試一下吧。」

茉菜歪著頭說道。

「我從以前就真的只會這個而已，其他的菜色都搞砸了。」

伏見露出困窘的笑容，鳥越吃了一口後也說道。

「這道燉南瓜，味道很像是退休歐巴桑煮出來的。」

「噗呼！」

茉菜差點把嘴裡含著的可樂全部噴出來。

也不必舉那麼具體的例子吧，會害人不由自主想像了一下。

「是……是有老人味的意思嗎!?」

伏見大受打擊，整個人都僵住了。

「呃，我不是那個意思……該怎麼說，好吧，大致就是妳說的那樣。」

鳥越的評語，真是毫不留情啊。

伏見究竟是不是因為我喜歡吃所以才擅長燉南瓜，這點無法確定。搞不好那只是一種巧合罷了。

不過，假使我說我喜歡吃別的，她是不是就會設法讓自己擅長煮那個？

為了實驗，下次我試著說自己喜歡吃別的菜好了。

就像這樣，我們愉快地享用便當。燉南瓜有九成都被我吃掉了。

「姬奈姊姊，我們來玩這個吧——」

茉菜取出她帶來的羽毛球拍跟羽球。

「好呀，我們來比賽——！」

那兩人站起來，開始對打。

「我說茉菜呀，妳為什麼要打扮成辣妹的樣子呢？」

「因為這樣很可愛呀，嘿咻——」

「難道不是受了小諒的影響嗎！哼嗯！」

「妳自己還不是——也嘗試過，對吧！」

「那、那才不一樣呢。當時我只是想在暑假來個大變身而已。」

「啊哈哈哈，妳那種理由更老土吧，姬奈姊姊。」

「呃嗯唔唔。」

她們的交情果然不賴。大概是彼此的運動神經都很優異吧，羽球每次被打中，都會發出咻或砰的輕快聲響。

我不經意朝旁邊瞥了一眼，鳥越正在用單手滑著手機。

「妳在玩手遊還什麼的嗎？」

「不是。我傳個訊息而已…………高森同學，你認識篠原美南嗎？」

「咦？篠原……啊啊，嗯。」

我以模糊不清的答道。

那人是跟我同一中學的女生所以我認識。與其說是認識不如應該說……

話又說回來，為什麼突然提起篠原？

「她跟我是念同一所小學的，我們考高中又報了同一間補習班，所以才重新聯絡上對方，她應該是跟高森同學你們同一所中學的吧？」

「是啊，嗯。」

篠原美南。

根本不是什麼認不認識的問題……

她跟我的關係，是曾向我告白後我答應了她。

我跟篠原的那次，就世間一般的標準而言究竟算不算「交往」其實很難論斷，但我們之間的確曾發生過一些事。

「那麼你們——」

當鳥越還想繼續說下去時，伏見提高音量喊道。

「你們兩個也來打嘛——！」

「我也有帶葛格跟鳥姊姊的球拍喔。」

那兩人催促我去打羽球。

「算了啦，我免了。」

噗呼呼——茉菜聽了笑道。

「葛格，你就算球技超爛也不必害羞喔？因為我們根本就不期待你會在球場上耍帥呀。」

咕……

都被人這麼嘲笑了豈能再保持沉默。

「看來我得稍微認真一點了……」

「葛格真是單純好騙耶。」

「稍微認真一點——在小諒的身上有這種概念嗎？」

伏見也對我說了莫名失禮的話。

喝呀——我奮力站起身，抓住茉菜帶來的球拍。

「鳥越也來打吧，難得有這個機會。」

「咦，我、我嗎……」

由於伏見跟茉菜都在對她招手，鳥越也站了起來。

「那、那麼，我就隨便打一下……」

這次邀約她野餐也是一樣，鳥越搞不好是個很大方很好相處的傢伙也說不定。

四人圍成一圈打起了羽球。我跟鳥越不論怎麼恭維都稱不上是球技高明，幸好有伏見和茉菜的支援，一來一往球也很難落地。

「誰叫葛格老是把球打到奇怪的方向，才害大家沒辦法一直打下去。」

「不，剛才那是被風吹跑的吧。咻一下就飛好遠了。」

「高森同學，不必介意。」

「喂，等等鳥越，妳那種口氣，簡直就像在說是我失誤一樣啊。」

「小諒，不必介意。」

「伏見妳也是。」

每次球落地了大家都要互相推卸責任，不過她們大抵都會怪罪於我。

真叫人無法接受啊。

是說，鳥越看起來好像很開心這真是太好了。

「伏見，妳今天沒穿那件土T——啊！」

「別說什麼土T，好嗎！」

「土T是指？」

鳥越狐疑地歪著頭，茉菜為她說明道。

「姬奈姊姊她啊，便服的打扮簡直是土到掉渣了，幸好有我幫她出主意，才好一點！」

「別說什麼土到掉渣好嗎！」

「附帶一提，姬奈姊姊今天的穿搭，全身上下都是由時尚品牌『白村』出品的喔。」

「茉菜，那個別說出來呀。」

啊——難怪伏見今天的模樣看起來還挺正常的。

上身是毫無任何特殊之處的普通長袖T恤，外頭再套上一件兜帽外套。下身則是看似很方便活動的牛仔褲跟運動鞋。

這種穿搭算是無論男女老幼都不會顯得很詭異的最大公約數了吧。

「其實啊，她本來是想穿葛格送她的那套連身裙出門的。但穿那件萬年不變的衣服野餐未免太扯了吧？一點也不看看時間地點場合是否合適。」

「嗚嗚嗚……對不起……」

鳥越對我瞥了一眼。

「高森同學，沒想到你還會做這種事啊？」

「做哪種事？」

「就是送討女生歡心的禮物。」

先不論我是否想討女生歡心，被鳥越刻意這麼一提，不知為何我感到很不好意思。

據茉菜所言，「公主大人偷偷溜去庶民的地區玩樂也該喬裝一下吧？這時候還打扮得像個華貴的公主那怎麼行呢」。

真不愧是時尚警察，說服力不同反響。

「原來伏見同學也會去『白村』買衣服啊。」

鳥越披著一襲薄薄的開襟針織衫，下半身則是丹寧短褲內搭黑絲襪。這還是我第一次看到她便服的打扮，沒想到鳥越同學的穿著還滿時髦的？

「鳥越同學，不是那樣的。那只是一種人物設定而已，為了提高對我的好感度。」

如果是抱著這種心機，反而會給人帶來負面的印象吧。

「姬奈姊姊才不是為了什麼人物設定，只是吝嗇罷了。如果說之前那種奇裝異服是某種人物設定，聽起來還好一點哩。」

「又、又不是錢花得多就代表時髦吧——!?」

伏見開始自暴自棄地不顧一切叫道。

「噗噗噗，姬奈姊姊，妳有什麼資格提時尚這兩字，妳幾乎都是聽從我的建議而已吧。」

「嗚咕……」

「『白村』那家店，我也會光顧喔。那裡面，也有滿多可愛的衣服。」

溫柔的鳥越這時出面打圓場。

「鳥越同學……嗯嗯，就是說嘛。」

「不過並不是外出服，而是買來當居家服。」

「居、居家服……」

看起來像是在幫對方說話，但鳥越採取的立場卻是使出全力的一擊。

只見伏見頓時垂頭喪氣起來，茉菜也擺出一臉嚴峻的表情。

「要是我的打造能力更強一點就好了……!」

「既然『白村』也有賣不錯的東西，去光顧一下又有什麼關係呢。」

我這麼隨口說道，結果立刻被時尚警察狠狠吐槽。

「那我這麼說好了，葛格，你覺得今天姬奈姊姊跟鳥姊姊哪個穿的比較時尚？如果你不懂時尚也可以選比較喜歡誰的打扮——哪個比較好？」

妳們來一下——只見茉菜催促著伏見跟鳥越並排到我面前。

「鳥越。」

「啊……謝、謝謝。」

跟低聲咕噥的鳥越剛好成對比，伏見立刻變得面無表情。

她全身彷彿是由灰燼組成的塊狀物，只要風一吹就會沙沙沙地徹底崩落消失了。

「好吧，嗯，我就知道。」

茉菜P（Producer）也只能承認自己完全失敗了。

「為什麼我至今為止都沒法好好買一些像樣的衣服穿呢……」

面對真正開始沮喪起來的伏見，茉菜一把用力揪住肩膀。

「姬奈姊姊，聽好囉？品味這種東西並不是天生的，而是磨練出來的！」

「老師……」

「只要妳將來能持續進步就夠了。」

「老師嗚嗚……！」

那兩人熱情地擁抱著。

今天這對師徒之間的羈絆又變得更深了。

「伏見同學，如果妳不明白怎麼挑衣服，問一下店員大致上就不會有問題了。」

「是、是這樣嗎……？」

嗯嗯——鳥越點了好幾下頭。

「下次……要不要，一起去，買衣服？」

「可以嗎？」

「如果伏見同學願意的話。」

「拜——拜託妳了！」

這一對也處於情誼逐漸加深的狀態。

真是可喜可賀啊——我坐在野餐墊上，以茶水滋潤乾渴的喉嚨。

就在這時，某人的手機發出了電子提示音。

既不是我的，也不是伏見或茉菜的。所以是鳥越的手機囉。

雖然我並不想偷窺，但浮現在螢幕上的訊息還是被我無意間看到了。

SHINO：

『我可以去找妳嗎？』

『SHINO』。

這個帳號的個人頭像，我有印象。

當我想再偷看鳥越的手機一眼時，螢幕已經轉暗了。

「……SHINO。」

我檢視自己的手機，找到一個頭像完全一樣的使用者帳號。

果然剛才那傢伙是——

SHINO……篠原美南。（註 1）

鳥越剛才有說她們是好朋友嗎？

她不時會拿起手機滑，搞不好就是在跟那傢伙傳訊？

「鳥越，剛才妳的手機有通知。」

「啊，嗯。」

或許是認為無關緊要吧，鳥越壓根就不想去查看一下。

我躺在野餐墊上，仰望天空。

印象中，篠原那傢伙去了某間私立女校就讀……應該沒錯吧。只是我們中學三年級就不同班了，所以我也不敢確定。

二年級的時候我們同班，大約在秋天的尾聲她向我告白。那是在放學後，校舍正面樓梯口的附近。

我猜，知道我們這件事的，世上應該沒有第三個人了吧。

註 1　日文「篠」的發音為「SHINO」。

或者應該這麼說，當這件事變成謠言之類被他人傳得沸沸揚揚前，我們的關係就已經告終了。

三天。

我們交往的期間，就只有這麼短。

基本上，答應過別人的告白就應該算進「前女友」了，不過，搞不好對方並不這麼認為也說不定。

其實到了現在還是沒變，所謂的交往到底要做些什麼，我依然不太清楚。

或許，是因為有篠原的那段例子才會如此吧。我本來就不太能理解「喜歡」是種什麼樣的感覺，後來又被搞得更糊塗了。

說起那三天究竟做了些什麼，事實上什麼也沒做。更正確地說，當時對愛情一知半解的我即便想做些什麼，也只會得到對方一句「我果然沒辦法」。

「……什麼叫『我果然沒辦法』。」

一想到這裡我就覺得有點好笑，但當時我的腦袋可是裝著滿滿的「？？？」。

即便是那傢伙主動告白的，但她也感到很唐突吧。

鳥越將柳橙汁注入杯中，一邊看著正在嬉鬧的那兩人一邊小口啜飲著。

「篠原她，說了我什麼嗎？」

「說了你什麼，是指什麼？」

「不……沒事。」

這個問題真難啟齒。如果鳥越不知道我跟篠原曾交往過（非正式），突然說出來只會讓她嚇一跳而已。

「篠原她，是個什麼樣的人啊？」

對我而言，就是個跟外星人一樣難以理解的女生。

身穿制服、臉上戴著無框眼鏡，如今我對她的記憶只剩下這些了。

「小美她。」

「小美!?」

只見鳥越紅著臉，抱怨了一句「這又怎麼了」。

「我從小學時代起，就是這麼叫她的。」

「抱歉。不過真叫人意外耶，所以我才忍不住嚇了一跳。」

彷彿要重啟話題般，鳥越先輕輕乾咳了一聲。

「在小學時，她是我最要好的朋友。」

「就類似兒時玩伴嗎？」

「不，並沒有到伏見同學跟高森同學那種程度。」

呼嗯——我保持仰躺的姿勢應了一聲。

「高森同學，你很在意嗎？關於小美的事。」

「在意……並沒有，只是今天突然提起這個話題，我一時想起她而已。」

「當你問我小美是什麼樣的人的時候，就代表你在意她了。」

我很清楚聽到鳥越發出噗嗤一笑。

「性格雖然不同，但她就類似伏見同學那樣的類型。」

「我懂妳的意思。基本上，就是腦袋好又運動萬能的傢伙吧。」

「沒錯沒錯。臉長得像狐狸，個性又像貓一樣。」

「妳那是什麼評語啊。」

不過所謂臉長得像狐狸，我倒是可以勉強理解。篠原擁有一雙細長的眼睛，再加上又戴眼鏡，是那種看似冰山美人的女孩。

至於篠原當初為什麼會看上我，我到現在還是搞不清楚。

真要說起來，我連她是不是真的喜歡我都無法確定。

諸如隸屬同一個社團，或透過校慶園遊會不知不覺拉近距離，類似上述這樣的事件，在我們之間連一個也沒發生過。

硬要說起來，就是校外教學分在同一組的程度罷了。

可是對我來說，她跟其他的組員也沒有太大的區別。

當時因為我太緊張了，對她告白時所說的臺詞也聽得不是很明白。

什麼「聽從宿命的安排」……呃，然後呢？我印象已經很模糊了。

是誰這麼吩咐她的嗎？我不禁這麼認為，畢竟她說話時根本沒看著我，類似熱情之類的玩意，如今回想起來在她身上也完全感受不到。更何況她告白的音量又很小。

啊……

我想出答案了。她那些無法理解的行動，只有一個理論可以全部解釋得通。

可能是她打賭輸了必須接受懲罰……！

不會錯了。

「原來是這麼回事啊……」

「咦？什麼，你怎麼了嗎？」

沒事──我轉身背對鳥越。

我恍然大悟了。這下子我終於可以斬釘截鐵地釐清這個謎。

當時我因為太亢奮了所以才沒法看清這件事。不過只要冷靜一點，真相便呼之欲出了。跟她幾乎毫無接觸的我怎麼可能會被她看上。

而過了三天，她才對我說自己果然沒辦法，這點也獲得解釋。

所謂沒辦法並不是指對我這個人，而是無法再忍耐打賭輸了的懲罰，她「果然沒辦法」玩下去了。

「就高森同學的觀點，小美是個怎麼樣的女孩子？」

「聽從宿命安排的人。」

「那是什麼意思？」

「其實我也不懂。還有另一個，並不是摘下眼鏡才會變成美少女，有些人就算戴著眼鏡也很美。」

「是啊，嗯。沒錯。不過她戴的應該是裝飾用的平光眼鏡吧？」

是這樣嗎？

我露出好像很意外的表情，於是鳥越繼續說道。

「我猜的啦。她小學時又沒戴。妳後來近視了嗎？我在補習班曾這樣問過她，結果她說『這不是矯正視力用的喔。要通過一層濾鏡，才能把世界看得更清楚』。」

「咦，什麼濾鏡啊？」

「我也不懂。我接著又問她，但她卻說了些難以理解的話。」

「所以就是戴上平光眼鏡會看得比較清楚嗎……」

天底下竟有這種事……確定嗎？

我怎麼記得那傢伙，是戴真正的近視眼鏡而不是平光眼鏡？

雖然不太懂眼鏡的事，但她當年玩弄中學二年級男生的純情倒是千真萬確的。

千萬不能把她算進我「曾交往過的女友」啊。

危險，太危險了。

當初我並沒有大肆宣傳這件事，也不打算這麼做，現在想起來真是萬幸。

要是我對別人說了，日後就會被貼上「把別人打賭輸了的告白當真，真是個丟臉的傢伙」這樣的標籤。

「好險啊……」

「喂，從剛才你就在咕噥些什麼？」

我的自言自語，令鳥越不解地歪著腦袋。

靜：聽從宿命的安排，是指什麼？

SHINO：咦？

SHINO：妳在說什麼啊 w

靜：那是高森同學說的話

靜：當我問他對小美有什麼看法的時候

SHINO：高諒？

SHINO：啊啊啊啊啊啊啊啊啊啊啊啊啊啊啊啊啊

SHINO：害我想起來了啦啊啊啊啊啊啊啊啊啊啊啊啊啊

靜：想起什麼？

SHINO：別再問了

靜：為什麼？

SHINO
反正不要問了！

SHINO
因為這件事，丟臉到就連對小靜也不能說的

②伏見補習班

野餐在愉悅的氣氛下順利結束了，時間來到新一週的禮拜一放學後。

「伏見，妳還記得篠原美南嗎？」

放學途中，我對伏見這麼問道。

「篠原同學？嗯，我記得唷。她應該去唸聖女了吧。」

「三年級的時候明明不同班了，虧妳還記得這麼清楚啊。」

人家很了不起吧——伏見露出得意洋洋的表情。

所謂聖女，是聖陵女子大學附屬高中的簡稱。

我跟篠原當初是什麼樣的關係，恐怕只有身為當事者的我們知道而已。

當時我跟伏見並沒有親密到可以像現在這樣聊天，而我也沒有其他特別要好的男性友人。

「二年級的時候，你們校外教學不是同一組嗎，就是因為那樣我才記得很清楚呀。」

就像鳥越被班上的那些傢伙們視為樸素無趣的女孩一樣，當時篠原在我中學的班上也是處於相似的立場。

「她怎麼了嗎？」

之前，鳥越手機上顯示出『SHINO』傳了『我可以去找妳嗎？』的訊息。

那並不是篠原要來野餐地點的意思，或許是指她想去鳥越的家，因為後來篠原並沒有出現在我們面前。

「鳥越跟她好像是念同一所小學的，據說現在交情還很好。」

「咦咦——！」

我會唐突將話題扯到篠原身上，其實是有目的的。

「是說，小諒，不要轉移話題啦。」

「……」

今天，發下了英文的小考成績。

根本沒說要小考嘛——當初在考的時候我這麼抱怨道，但伏見卻提醒我「小若之前有說過唷」。

既然妳記得那妳為什麼不早點告訴我一聲呢，不料這位公主卻回答「真沒想到小諒竟然連小考的通知都沒在聽啊……」對我左耳進右耳出的能力露出一副莫可奈何的樣子。

『小考成績差的同學，期中考要特別當心囉？如果期中不及格，就得暫時在放學後留下來接受補救教學喔——？』

這番話，是我們的導師——教英文的若田部老師說的。不論怎麼想，都是針對我。因為她的目光一直跟我對著，就某種意義來說也算充滿熱情的視線吧。

從周圍的談話聲判斷，小考考卷上的分數只有個位數，而且甚至沒超過一隻手手指數量的人似乎就只有我而已。

「這麼一來，小諒，你整個黃金週假期都得拚命用功了。」

「離期中不是還有一段時間嗎？這麼愉快的大型連假時光，我才不要悲慘地浪費在讀書——」

「因為平常你根本沒在複習呀。」

「不，那是因為，呃……？」

太狠了吧？把連假拿來用功。

「黃金週，人家也想跟小諒出去玩……不過，一想到期中考成績會悽慘無比，就非得趁現在好好努力不可了……」

對伏見喪氣垂下的肩膀，我砰地拍了一下。

「來吧，打起精神。」

「這都是誰害的呀。」

討厭——伏見誇張地嘆了一口好長的氣。

如果可以的話，我也不想補習啊，想憑自己的力量脫離不及格。

然而，唔，這件事說來容易做起來卻很難。

自從升上高中以後，我的考試成績就有逐漸下滑的趨勢。

「我明白了——」

「明白什麼？」

我不解地歪著頭，伏見正露出一臉充滿決心的表情。

「你一定要用功，沒有拒絕的權利。」

「咦咦咦……」

真的假的，這陣子根本不是考試期間耶？

「妳說沒有拒絕的權利……那我放學後的自由時間呢？」

「小考3分的人沒有那種東西。」

「對於未來進步而言，這個數字不是挺有空間的嗎？」

「禁止你說歪理。」

咕，這傢伙又臭又硬的頑固脾氣，終於對我伸出魔掌了嗎？

「況、況且……最近，我們幾乎沒什麼兩人獨處的時間……」

「咦？」

「沒、沒、沒事啦！」

慌忙揮舞雙手的伏見臉頰染上紅暈。

什麼叫沒有兩人獨處的時間，上學放學的路上不都是兩人獨處嗎……

「這麼一來，就得把複習重點放在容易搞砸的英文跟數學之上了……」

竟然開始計畫了！

「伏見殿下，還請您指示五年大計……」

「小諒，你打算多久才畢業啊？」

「關於這點就請妳耐心期盼吧。」

「放心吧，小諒，我不會讓你接受補救教學的。」

她這種莫名充滿自信的眼神，給我一種很討厭的預感。

伏見補習班立刻就開張了，地點則選在我家。

雖然我很不情願，但無比堅持己見的伏見還是強迫跟我一起進家門。

返回我那座六個榻榻米大的城堡後，我將書包擱在桌上。

『今天我會晚點回來葛格先隨便吃點什麼』這是茉菜留下的字條，上頭還壓著成人世界的入場券。

「就說了，我才不會做那種事哩。」

我直接把那玩意連同紙條一起灌進垃圾桶。

「可以進去了嗎——？」

「請、請進。」

太好了，幸好伏見在外頭等了一下。

我把伏見招入房間後，她便在矮桌上攤開英文課本和筆記本。此外，她又從書包取出跟鉛筆盒差不多尺寸的小盒子。

那玩意，是什麼？

「從今天開始，我就是小諒的家庭老師了。」

她從小盒中取出眼鏡戴上。

「難不成，妳就是為了當我的老師才……」

「不、不對，不是啦！這是我在上課時，因為看不清楚黑板才配的……」

我從來沒在上課時看過伏見戴眼鏡啊。好吧，那也是因為這學期我們的座位離黑板並不遠，眼鏡大概沒什麼機會派上用場吧。

「要開始囉，小諒。」

看來她不管是幹勁或準備工作都十分充足。

這麼一來不論別人說什麼都沒用了。乖乖聽她的話用功，才能讓她早點結束回家吧。

好啦好啦——我隨口應了一句，同樣在矮桌上攤開教科書和筆記。

先從複習今天的上課內容開始，我們逐步回溯過往的進度。

最後還找出一年級的課本，從更早的部分讀起。

「這些都是偉人的思想，只要能好好讀懂，考試就完全不必擔心囉？」

這位成績優異的學生如此說道。

「考題就是從這裡面的重點出的，你只要理解內容要點就沒問題了。」

「……不知為何，聽妳這麼一說我也覺得自己有希望了。」

「我就說吧？」

伏見露出今天不知道第幾次的得意表情，順勢推了推鏡框。

「…………我們曾有過，那個約定唷。就是要一起去念大學。」

「小學或幼稚園小朋友會說這個？」

我怎麼不記得有這個約定啊。

如果真是那樣，這種小朋友也太早熟了吧。

「雖然有過約定也是一個理由，不過如果能跟小諒念同一所學校，升上大學以後一定會很開心的……」

她以認真口吻訴說的側臉，令我看得入迷。

「我想，我大概也是，能跟伏見一起的話，會很開心……應該吧。」

我不經意地這麼喃喃說著，伏見似乎也沒料到我會對她說這番話。

「「…………」」

雙方都變得不好意思起來，滿臉通紅沉默了好一陣子。

「不、不要突然說這種話嘛。」

她低聲地這麼咕噥著，還輕拍了我的手臂一下。

「今、今天就先到這邊，我回去囉？」

大概是覺得繼續待下去很不自在吧，伏見收拾自己的東西離開我的房間。

她的耳垂跟臉頰依然是漲紅的。

③重逢

午休時間，我在只有兩個人的物理教室聊起姬奈家庭老師的事，鳥越咯咯地笑了起來。

「那是你自作自受吧。」

「簡直是太誇張了，不過是小考而已嘛。」

「這種『小考而已』卻只拿了3分，難怪斯巴達教師姬奈要登場了。」

「順便問問，鳥越幾分啊？」

「因為題目少所以每題的分數都很高，但只拿個位數未免太那個了，比起好笑這簡直是令人震驚的程度。」

「別說那麼多了，妳到底幾分啦？」

「比起已經結束的小考，我比較擔心期中考會怎麼樣。」

她對成績隻字不提……

難不成，鳥越的分數也慘到根本沒資格笑別人？

她給人的第一印象並不是笨蛋。就算上課被老師點到了，也能輕鬆地回答。

況且又喜歡閱讀，腦袋不錯的印象更為強烈。

不過，上述那些都只是乍看下的印象而已。

即便她喜歡看小說，跟英文或數學成績會很好也是兩碼子事。

「鳥越要不要也一起接受姬奈老師的指導？」

難受的用功時間如果有認識的人一起作陪，感覺就好像能撐下去了。

「不，不必了。我不好意思打擾你們。」

「打擾？打擾我們用功嗎？」

「你的遲鈍程度簡直就跟地獄一樣呢。」

什麼地獄。

雖然察言觀色不是我的長處，但也沒必要說得那麼狠吧。

「我只是稍微問一下。因為我想跟鳥越一起用功。」

「請不要在句子裡混入微妙的謊言。」

「好吧，事實上，我也是希望妳能在場啦。」

妳可以傳訊給伏見嗎——我朝鳥越投以這樣的目光，鳥越便以雙手遮住臉。

「真是的……地獄程度的遲鈍……別叫我對她說那種臺詞好嗎？」

雖然看不見她的臉龐，但耳根都發紅了。

「伏見她，上學年包括期中期末的六次考試，全部都進入前五名。搞不好讓她教會比給老師上課更容易理解呢。」

「你說這話不是自打嘴巴嗎？」

「反正我從來沒想要考好成績啊，所以一點都不在乎啦。」

鳥越彷彿很無奈地笑了起來。

「呼呼呼。不就是因為你考不好，伏見同學才想特意拉你一把嗎？」

上同一所大學……雖然不記得做過這樣的約定，但突然覺得有了點目標。

儘管不清楚上同樣的大學又能怎麼樣，不過既然已經決定要繼續升學，能在同一間學校還是比較好。

與其這麼說，不如說我很難想像自己跟伏見念不同學校的情形吧。

「……這樣吧，如果是為了高森同學著想，那我陪你們一起用功也無妨。」

「妳真是不坦率啊。」

「因為我自己一個人也能好好用功啊。毋寧說你才是需要向我低頭拜託的立場吧？」

自從上次放學後她向我表明心意以來，鳥越說話的口吻就變得沒那麼拘謹了。

就把這個當成是我們交情變好的證據吧。

「拜託妳，請妳陪我一起複習。」

「好喔。」

本來以為她會擺出一副高不可攀的態度，沒想到卻輕易答應了。

既然取得許可了，我便立刻向伏見傳送訊息。

對方馬上有了回音。

『太好了！非常歡迎！』這是伏見的答覆。

我將這件事轉告鳥越後。

「跟她說，我不會待太久的。」

「咦？」

雖然我狐疑地歪著腦袋，但還是依照吩咐轉告伏見。

對方已讀了，然而卻沒有回覆。

「伏見同學直接傳訊息給我囉。我們真的很像呢，就是因為雙方都是好人才感到很困擾啊。」

鳥越對著手機如此喃喃自語著。

放學後，一寫完教室日誌便將活動場所移動到圖書室。

「小諒，是不是有競爭對手存在更容易引發鬥志呢？」

「他只是想隨便找個人拖下水而已吧。」

鳥越戳破了我的真實意圖，害我吃了一驚。

「既、既然要指導別人念書，教一個人或兩個人也沒有太大的區別吧。」

如今圖書室深處的資料閱覽區，就只有我們三人而已。

明明就不是臨近考試的期間，恐怕根本不會有其他努力向上的學生來這裡準備功課吧。

伏見坐在我對面，身為學生的我跟鳥越則並排而坐。

跟前幾天一樣，今天的複習也是從回顧上課內容開始，伏見分別找出我們所不理解之處一一指點。

「鳥越同學，沒想到，妳也有點……」

「唔……！」

她指的是什麼？

翻開課本的時候，夾在裡面的考卷不小心跑出來見人了。

「鳥越，那個不是小考的嗎？」

「不、不是。」

「12分，妳這……」

「這回只是我的直覺一時失靈而已。」

「我懂，我懂妳的意思，鳥越。直覺對考試真的很重要喔。不過妳看起來一副好學生的樣子，考這種成績不是虧大了嗎？」

噗噗噗——我大笑起來，結果伏見很嚴肅地發怒了。

「小諒根本沒資格笑別人。」

「嗯……真抱歉。」

這時，有人在桌底下偷偷輕踢我的腳。

為了回敬，我也踢回去。

「討厭啦，你們解題時給我稍微認真一點。」

「誰叫鳥越那傢伙要把小考考卷露出來啊。」

坐在身旁的鳥越則嘆氣道。

「我知道你們感情好，但不要在桌子下面打情罵俏好嗎？」

鳥越也被惹毛了。

「我、我們才沒有打情罵俏。」

「好啦好啦，你們感情很好。」

「鳥越同學，妳不要捉弄人……」

伏見看起來似乎大受打擊，鳥越見狀緩緩搖著頭。

「抱歉，我沒有那個意思，只是想稍微開個玩笑而已。」

「喂，鳥越，妳要是有空欺負人不如多解幾道題吧。」

「只解出一道題的人完全沒資格說我吧。」

「小諒認真一點，你這孩子只要努力一定能辦到的。」

妳是我媽嗎？

接近離校時間了，讀書會也差不多是在同時告終，我們三人一同離開圖書室。

該怎麼說，其實還滿有趣的嘛。

「如果鳥越同學願意的話，下次我們再三人一起開讀書會吧？」

「伏見同學，這樣好嗎？」

「嗯，我覺得很開心呀。」

伏見露出毫無矯飾的美好笑容。

「那好，嗯。」鳥越也浮現看似羞赧的笑容。

即將要走出校舍正面樓梯口時，看到校門附近有個女孩佇立著。

那不是我們學校的制服。

是在等社團活動結束的男友吧，反正一定就是那一類的。

注意到那女孩，鳥越發出了「啊」的叫聲。

「小美，妳怎麼跑來這裡？」

小美？最近，我好像在哪裡聽過這個名字。

「小靜，好久不見了。」

這女孩是誰啊？

「啊，是篠原同學嗎？好久不見了呢。」

這時，伏見也打招呼道。

篠原同學？所以她是，篠原美南……？

她的眼鏡從無框變成黑框了，頭髮也比以前留得更長。因為穿上不同學校的制服所以我完全沒認出來，但只要仔細一看，的確是篠原美南沒錯。

「伏見同學好久不見了。另外，高諒也是。」

篠原那對細長的眼眸，交替看向我跟伏見。

這傢伙，是來這裡做什麼的？

老實說，這才是我內心看到她的第一反應。

「喔，好、好久不見……」

「小諒，你怎麼了？你的表情好僵硬。」

「我才沒有哩。」

我忍不住用雙手揉了揉臉頰。

鳥越跟篠原兩人，開始聊起天來。

「小美，妳怎麼來我們學校？」

「我只是剛好路過附近而已，想說會不會碰到妳。」

篠原身上帶有的冷靜印象並不輸給鳥越，我想那是眼角形狀跟眼鏡造成的。

伏見也加入那兩人，開始敘舊起來，這讓我更難插上話了。

……也好，這種場合就讓女生們好好發揮吧。

「那麼，我先告辭——」

「站在這裡聊天也太那個了，大家一起去莫當勞吧——」

伏見以天真無邪的眼眸如此提議，篠原跟鳥越沒多久便同意了。

所謂「莫當勞」，是大家最喜歡的那間漢堡店。

這時，我偷偷瞥了篠原一眼。

結果被她瞪了回來。該怎麼說，我覺得篠原這種人好像有點難相處啊。

而且她的思緒就跟外星人一樣無法理解。

「我、我還有點事。」

「沒有吧，小諒放學以後根本就沒有任何安排。」

「這種事為什麼由妳來決定啊。」

然而，伏見說得完全正確，可惡。

「如果小美同意的話，讓高森同學也加入吧。」

「我沒差就是了。」

「……」

別那麼爽快啊。是說，現場的氣氛有點尷尬耶。關於這點，篠原妳應該是最清楚不過了，拜託做出反應啊。

結果我的心願並沒有實現，只見伏見跟篠原輕鬆地閒聊起來，雙雙在前頭邁步而出。

「難道說，你跟小美有嫌隙？你不太喜歡她？」

鳥越……只有妳，體察到我的心情……

我露出彷彿在仰望女神的目光，結果那位女神大人只有嘴角微微掀起，發出噗呼呼的笑聲。

「……呼，好好笑。剛才超尷尬的。」

這傢伙，竟然以此為樂。

才沒那回事呢——雖然我嘴巴上這麼反駁，但在逞強這點一下就被看穿了。

「你倆過去好像發生過一些事吧，既然如此這也是沒辦法的就不勉強你了。」

「她有對妳說什麼嗎？關於我的事。」

「這個嘛，『如果小美不跟我交往那我就要自殺』，明明當初是這麼熱情告白的，結果才交往三天就說『我果然沒辦法』，是一個超級任性的混帳傢伙之類。」

喂，篠原，妳竟然把立場顛倒過來了。那件事不是因妳而起的嗎？

竟然把自己幹的蠢事硬推到我頭上來。

「他就是這種人，所以小靜也要當心喔——之類。」

「混蛋篠原……竟然造謠……！」

我對篠原的熊熊怒火逐漸燃燒起來，這下子我非得要狠狠報仇才能洩憤了。

抵達車站前的速食店後，四人各自點了喜歡的東西，接著就爬上二樓找了空的包廂席入座。

只有我是點薯條，那三個女生都要了冰淇淋。

「小諒，你真細心呢。甜的跟鹹的輪流吃會讓兩種食物都變得更可口唷。」

嗯呼呼——伏見似乎很開心地舔著冰淇淋，接著又吃了一口薯條。

等近乎閒聊的近況報告結束後，篠原才重新切入正題問道。

「伏見同學，你跟高諒，應該沒有在交往吧？」

瞟、瞟——篠原的目光在我跟伏見之間掃來掃去。

「對啊。」

我毫不遲疑地這麼答道，結果表情宛如要遁入空門的伏見，用指尖戳了戳我的側腰。

幹什麼啊。

呼嗯——篠原這麼應了一聲，又吃起冰淇淋。

「對了，小美，妳換眼鏡啦？中學時不是戴無框的嗎？」

「噗哈，咳咳。」

篠原嗆到了。

只見她咳個不停，伏見問了聲「妳還好嗎？」並打算把手帕遞過去。

「謝謝，我沒事。」篠原婉拒了。

咳！彷彿為了言歸正傳般，她最後又用力乾咳一聲。

「是、是啊，我換眼鏡了。」

「比之前看得更清楚了嗎？對這個『世界』。」

鳥越的嘴角掀起笑意，雖然僅有一點點。

「……也沒有，這跟小靜無關吧。」

篠原低聲這麼說並刻意別開目光，但鳥越又繼續追問。

「現在的『世界』看起來是什麼樣子呢？」

很明顯地，篠原冒出了涔涔的冷汗。

難不成，這傢伙……曾說過如何看這個世界云云的話嗎，而且不是指物質層面上的看——

「妳們在說什麼？那是啥鬼？」完全跟不上話題的伏見疑惑地歪著腦袋。

主動拋出這個話題的鳥越，則用力抿住嘴唇。

那個動作，我猜應該是在憋笑吧。

……這傢伙，其實滿邪惡的啊。

所以說，篠原應該就是那個吧，得了男生最容易罹患的那種病。我記得在我們中學那時期，類似的動漫畫作品還挺氾濫的。

「……因為戴眼鏡就等同於內向又土氣的印象，所以妳才要為自己戴眼鏡這件事找一個合理的藉口……？」

我的假設似乎歪打正著，篠原此刻簡直是汗如雨下。

……啊啊，確定無誤了。

這傢伙，以前是個中二病患者。

因此，她才會對我說什麼「聽從宿命的安排～」，這應該是出自什麼動畫的臺詞吧，然而，她卻用來對我告白。

「篠原，妳流了好多汗耶，沒事吧？冰淇淋快溶掉囉，這也是聽從宿命的安排。」

頓時，篠原的肩膀顫抖了一下。

我「看穿」篠原這件事也被烏越察覺了。

「小美，要不要擦擦汗？聽從宿命的安排。」

對我跟烏越的同時開火，篠原只能全身不住地顫抖，同時還滿臉通紅。

至於頭頂上方浮現滿滿「？」的伏見，則像隻土撥鼠般快速擺動腦袋，輪流看向我們。

篠原用力將眼鏡推回原位後，把還剩下一大堆的冰淇淋遞過來。

「這個給高諒。我、我先回去了……」

篠原拿著書包，自座位站起身。

「再見啦～」只有一無所知的伏見對她揮揮手。

先捉弄對方的人的確是鳥越，不過剛才我或許有點太過分了。

然而，只要一想到這是報她造謠的一箭之仇，我就覺得還是在容許的範圍內。

正當我想吃免費拿到的冰淇淋時，伏見說了句「這個給我」並一把搶走。

「別搶啦，妳自己不是有嗎？」

「那是因為……呃……小諒吃我的比較好啦。」

「吃誰的不都一樣。」

我這麼說道，這時鳥越也遞出冰淇淋。

「那麼，跟我的交換吧？」

「就說了……吃誰的不都一樣嗎？」

這兩人有那麼想吃篠原的冰淇淋嗎？

正當我不解地歪著腦袋時，恰好看見篠原在窗外走掉了。

她回頭望了一眼，注意到我的視線。

只見她做出了「笨蛋——」的嘴形，接著就一個轉身帶著飄逸的長髮離去。

就算屏除我們那麼久沒碰面交談這點，那傢伙的言行舉止果然還是很難理解啊。

4 往事

「喂，別一直盯著別人瞧好不好。」

「有什麼關係嘛，又不會少塊肉。」

當我正在跟篠原拌嘴時，伏見以指尖輕敲了桌面幾下。

「保持肅靜。」

「是。」

我跟伏見、鳥越放學後來到市立圖書館複習時，恰巧碰到篠原。

因為她身穿在這附近很少出沒的聖女制服，路過的圖書館使用者都忍不住偷偷瞥向她。

「兩間學校使用一樣的教科書，這真是太好了。」

鳥越自言自語地說道。

如果不是來這裡的話，篠原也不會加入我們了吧。

「妳到底來這裡做什麼，昨天來了今天又來。」

「你好像很不爽喔，不過這不關高諒的事吧。」

我一邊解英文習題，一邊趁魔鬼教育班長不注意時偷偷跟篠原吵嘴。

只是剛好路過附近而已──這是她昨天的說法，不過連續兩天「剛好」路過我們學校附近，還「偶然」走進這間市立圖書館未免太離譜了吧？

能以小靜、小美彼此互稱、跟那傢伙擁有好交情的鳥越最為可疑。

雖然不懂鳥越在打什麼算盤，不過她也不是什麼壞人就暫時放她一馬吧。

「正常情況下，學生會在這時候來圖書館用功嗎？」

「對高諒的學校來說，正常情況是不必來，不過我們學校可是快接近期中考了，所以我來這裡也是剛好。另外，我想混在感情好的朋友當中讀書是什麼罪大惡極的事嗎？」

那也沒什麼不可以啦，我這麼喃喃說道。

「高諒同學，請你專心、專心一點唷。」

熱心的伏見班長在警告我了。

我隨口應了一句後，繼續解下一道考題。

不知不覺當中，我們用功到圖書館快關門的時間。

加上中間間隔的休息合計兩小時，原來專心用功後的感受是如此清爽啊。

鳥越跟伏見開始熱烈聊起了某個話題，我跟篠原只好走在那兩人後面。

「伏見同學，以前是會露出那種表情的人嗎？」

「她跟在教室的人格有點不一樣就是了。」

「在中學的時候，總覺得她老是戴著面具呢。」

我明白篠原想表達什麼。就好像整天都戴著一副笑臉的假面具一樣。不論對誰，伏見都掛著那種笑容，如果從旁人的角度觀察，恐怕會覺得她那樣很可疑吧。

「你喜歡伏見同學嗎？」

「噗呼喔!?」

咳咳——我嗆到了。

因為她挑奇怪的時機問我這個，才會害我被自己的口水嗆到。

「是愛？還是只是喜歡？」

「我哪知道啊。真要說起來，都是篠原害我失去了分辨的能力啊。」

「我？不要把錯推到別人身上好嗎？」

「我總覺得自己當初是被妳耍了。或許那時我應該採取行動挽救才對，不過，中學的我根本什麼也不懂。」

「……那是因為。」

篠原話只說了一半便打住，略略陷入沉思。

「那個，應該是打賭輸了的懲罰吧？」

「咦──？」

只見她瞪大雙眼眨了好幾下。

「妳被處罰一定要向某人告白，所以就選了我？」

「呃…………對，沒錯！」

我就知道。

雖然都是三年前的事了現在多說也無益，不過能解開她當年行動之謎真是太好了。

「我就知道一定是這樣啊。」

「是、是嗎……」

「那還用說，妳主動向我告白又半強迫我交往，但才過了三天妳就說沒辦法。」

「……這件事，你很生氣嗎？」

「不論當時或現在，我都沒生氣。只是很疑惑為什麼會遇到這種事，現在終於放下心中的大石頭感覺痛快多了。」

「唔……其實不是那……」

「咦？」

「不、不，沒事！」

篠原用力搖著頭。

「原來在高諒的心中，對那件事是這樣的想法啊……」

「難道當初妳是在惡整我嗎？」

「咦──」

「應該不是吧？」

「唔，嗯。不是，絕對沒那回事。」

「不是惡整我就好。」

我剩下的最後一點擔憂也化解了，臉上不禁浮現安心的笑容。

「嗚嗚嗚……罪惡感……」

「咦？」

我歪著腦袋問道，篠原只回了句「沒事」。

「我還以為自己被你深惡痛絕了。當初把你耍得團團轉這點，的確是事實沒錯。

因此，我昨天對你才會稍微抱持戒心……」

或許也就是這樣，她昨天對我的態度才會有點尖銳吧。

「回想那段日子，簡直是狂風暴雨般的三天啊。」

都已經過了三年了嗎？

會不會在學校惹上什麼不必要的麻煩？放學時該不該一起回家？類似這些問題讓

我傷透了腦筋，此外我又擔心被其他男生看到了會不會遭受取笑等等。

那三天的經驗對我而言是前所未有的。

「……」

往身旁一看，陷入緘默的篠原正垂著頭走路。即便是在昏暗的天色下，依然可以發現她的臉頰有點泛紅。

「為什麼你會突然跟伏見同學感情變好啊？」

「什麼叫突然……我們本來就是青梅竹馬啊。」

「可是在中學的時候，你們根本不像青梅竹馬不是嗎？」

好吧，其實我們高一的時候關係也尚未恢復。

「真抱歉，我並不是要故意說壞話。不過，伏見同學在高諒面前流露的面貌，真的是她原本的樣子嗎？這件事根本沒人可以確定吧？」

配合話說到一半突然壓低音量的篠原，我也把音量降低了。

「妳那是什麼意思？」

「難道她的假面具不只一副——我只是這麼懷疑而已。」

「……」

「你都跟伏見同學一起上下學對吧？那伏見同學在沒跟高諒見面的時候，自己一個人都做些什麼？」

「她在……」

哎呀？是讀書之類的嗎？

然而伏見之前曾說過「只要上課有在聽，就知道哪些是重點而哪些不重要了」，因此感覺她在家也不是那種會猛用功的類型。

「怪了……？她到底在做些什麼？」

「喂。」

本來覺得已經跟自己很親近的伏見，這時彷彿又稍微產生了一點距離感。

而她本人明明就近在眼前啊。

「下次你親自問她如何？」

「啊啊，嗯……我會問的。」

好比看電視啦、玩手機啦，或是寫作業之類的。

反正她應該會說出類似這些的答案吧，所以我之前才沒關心過。因為我覺得沒必要特地去問。

不就是在篠原的煽動下，我才會引發不必要的疑心嗎？

「不過我想只有伏見同學那個人，應該不會去做什麼可疑的事吧。」

「可疑的事是指？」

「……你是想讓女生說這種丟臉的話嗎，笨蛋。」

女生難以啟齒的「可疑之事」……

「怎麼可能嘛。」

怎麼可能……

和鳥越、篠原在車站入口附近道別，接著我跟伏見就進站搭電車了。

找到空著的座位坐下。

「小諒，你只要保持今天這種專注力複習，期中考一定沒問題的！」

嗯嗯——感受到良好成果的伏見，以強而有力的口吻熱情說服道。

「你是只要努力就會有成果的孩子，我一直堅信這點。」

「妳是我老媽喔。」

啊哈哈——伏見似乎很開心地笑了。

趁這種輕鬆的氣氛應該可以問問看吧。

「對了，伏見，在週末之類的假日，如果妳沒有找我跟茉菜玩的話，妳自己一個人都在做什麼？」

單純出於好奇，我如此附加問了一句。

「咦，週末？週末……週末我……」

怪、怪了？不就是看看電視、滑滑手機，或寫寫功課之類的嗎……

「你稍微等一下唷！再稍微等等，對不起。」

「等、等什麼？」

「呃那個……心理準備之類的。因為做那種事，是需要一點覺悟的。」

搞不好，我剛才踩了某個千萬不能踩到的地雷也說不定。

難道那不是什麼可以輕鬆說出口的事嗎，伏見。

5 週日的跟蹤行動

午休時間，我在物理教室對鳥越詢問昨天那件令我感到困惑的事。

「妳知道伏見自己一個人的時候，都在做什麼嗎？」

「我不清楚。任何人都有想獨處的時候，做什麼也是個人的自由吧？」

是啊，這麼說也沒錯。

我將便當裡茉菜為我做的一塊煎蛋捲放入口中，騰出思考的時間。

鳥越也不知道，或者更正確地說，她似乎不感興趣。

伏見說需要心理準備是什麼意思？

從她的模樣判斷，有種雖然可以說但有點難啟齒的氛圍在內。

「該不會是做什麼可疑的事吧。」

「怎麼可能嘛。」

我忍不住朝鳥越那邊望了一眼。

「我只是開個玩笑，不必太當真。」

她用冷靜的口吻回答我，感覺不太自在的我只好閉上嘴。

「女生有各式各樣的煩惱，不可能像男生一樣整天嘻嘻哈哈的。」

「各式各樣的煩惱？」

「好比說砥礪自我之類？」

這個詞彙也太浮誇了吧，因為跟鳥越給人的印象不太吻合，害我稍微笑了出來。

「我覺得，伏見同學是那種會在私底下拚命努力的人，所以搞不好真是這樣。」

「是嗎？」

「在考試前，一副完全沒在準備的樣子，嘴裡還抱怨著糟了糟了，結果最後卻考得很好——她應該是這種類型的吧。」

「啊啊……」

這種光景我在教室裡目睹過許多次了。

「砥礪自我，是嗎……我問過她，她放假都在做什麼。結果她說那需要心理準備，希望我稍微再等一下什麼的。」

「心理準備？」

鳥越也不解地歪著頭。

其實早在昨天，我也問過茉菜相同的問題。

『葛格，什麼嘛？沒想到你是這種緊迫盯人的類型？還是別把對方管得太緊比較好喔——？只有我才能知道那女孩的一切——千萬別這麼想喔。』

就像這樣，茉菜要求我反省。

至於篠原，則懷疑伏見是不是對我戴上了另一副面具，但實際上是如何還無法確定。

伏見突然戴上「青梅竹馬」面具的可能性也不是零啊。

「所以，要不要試著追查看看？」

星期日，採用追查提議的我，跟鳥越與篠原三人在車站前集合。

「感覺又緊張又興奮耶。」

已經完全沉浸於刑警心態的篠原，買了三人份的紅豆麵包過來。

這傢伙簡直就是充滿了幹勁嘛。

「昨天伏見同學做了什麼？」鳥越問道。

「昨天啊，伏見來我家跟我、茉菜三人一起打電動，然後又看了漫畫，隨便打發時間。」

「感覺就是一副青梅竹馬的樣子嘛。」

「嗯，是呀。」

因為伏見表示，星期日她另有安排，所以就選在星期六一起玩。

問過鳥越跟篠原，兩人都表示伏見並沒有約她們，那麼伏見星期日究竟要做什麼？就是為了搞清楚，今天大家才像這樣集合調查。

抵達伏見的住處附近後，正好看見她離家出門。

我們躲在掩蔽物後方，鬼鬼祟祟地跟著她的腳步。

「她要上哪去啊？」

沒有人能回答我的疑問，大家依舊保持沉默悄悄跟蹤，最後搭上電車。

至於目的地，則是鬧區濱谷站。這個地方我跟伏見之前曾來過。

「等、等一下——我剛才不是刷卡而是買車票——現在得補票才行了——」

在驗票閘門前急著找錢包跟車票，篠原一副手忙腳亂的樣子。

「那我們先走一步囉，怕等下跟丟。」

「喂——拜託等我一下嘛。」

我決定先擱下篠原，拜啦。

鳥越雖然有點在意自己的好友，但最後好奇心還是戰勝了擔憂，她選擇跟上我。

「正如令妹所說的，伏見同學的穿著審美，令人有點不敢苟同……她身為女子高中生，以那種打扮在濱谷這一帶昂首闊步真的沒問題嗎？」

哎真受不了她耶——鳥越差點就想這麼驚呼出來。

「啊，其實那只是伏見同學一種獨特的搞笑小技巧，目的是讓大家的心情變好……？算是一種梗……？」

「她會淚眼汪汪地說這不是在搞笑，所以還是不要點破她吧。」

跟隨伏見的腳步，我們從大馬路走進了小巷子裡的一棟住商混合大樓。

「怎麼辦？如果她真的要做什麼『可疑的事』。」

「別說啦，我剛才也在想同樣的事。」

這棟建築物本身就很大，裡面似乎有各式各樣的承租商家。

像三樓跟四樓就有插花或茶道教室等等，許多不同的才藝補習班。

我掃過一遍大樓內的公司行號一覽，恍然大悟的我（我猜鳥越也是）這才放下心來。

伏見所搭乘的那部老舊電梯，最後停在數字4的樓層上。

根據樓層表，四樓有書法和珠算教室，其餘好像就是會議室。

我們告訴紅豆麵包外送員我們現在的位置後，便搭乘電梯來到四樓。

在一片寂靜當中，只聽到些許微弱的聲響。那似乎是書法教室和珠算教室的老師說話聲，一旦靠近教室，聲音就清楚傳入耳裡。

喀噠——有人從別的房間開門走出來，那是一個年紀大約小學高年級的男孩子。

他好像是想去廁所吧。那個小朋友是在學什麼才藝呢？

「高森同學，那邊。剛才他是從那間教室走出來的。」

鳥越所指的方向，是「濱谷演藝教室」。

「呼嗯，是演藝喔。演藝是指……」

「我猜，伏見同學也是來這裡吧。」

「喂……所謂演藝是指什麼？那是哪種才藝啊？」

我這麼一問，鳥越便露出有點為難的表情。

「自己用手機查查嘛，網路上一定什麼都找得到。」

既然妳也不懂就不要端架子啊。

上完廁所回來的小男孩，愕然地望了我們一眼後就走過去了。

當他開門的時候，雖然只有很短的一瞬間，但我看見了很像伏見的背影。會穿那種超土T恤來鬧區的人，除了伏見以外沒有第二個。

「伏見同學，原來是在上演藝課程啊。」

我懂那個的意思——鳥越說得好像自己很理解的樣子。

「既然是演藝教室，那就沒什麼好可疑的了。」

「就是說啊。」

兩個不懂演藝是什麼的人在進行這樣的對話，感覺非常不踏實。

「終於趕上了。」那位紅豆麵包外送員這時才氣喘如牛地抵達現場。

「伏見同學就在這裡面嗎？」

「應該吧。」

是喔——篠原外送員吐了一句。

「這個地方，搞不好還真的很難啟齒耶。除了被取笑的感覺很不舒服外，就算不被笑，也可能遭人以異樣的眼光看待。」

「啊——妳說的可以理解。」

篠原伸長了脖子，試圖窺探教室裡面。

「所以說……搞不好伏見同學還已經跟經紀公司簽約了。」

「經紀公司？」

「這種事若是被其他女同學們知道了，很難保證不會產生嫉妒心理，因此她不敢隨便說出來也是很正常的。」

「的確。」

「她應該是想成為演員或聲優吧。」

「咦？」

「所謂的演藝工作，不就是這麼回事嘛。」

這時從房間裡，傳來了有人在發聲練習的動靜。

離開住商混合大樓後，我們找到一間連鎖咖啡廳入座。

「總覺得這樣的結果也不算太意外吧。」

鳥越先把拿鐵吹涼了，才略略啜飲一口。

「是嗎？」

「小靜想表達的意思，我大致可以理解啦。」

篠原似乎也有相同的看法。

「就算是聖女，也沒有她那種等級的女生。」

「是嗎？」

我從剛才就一直只能說「是嗎？」。

不管是鳥越或篠原，對伏見選擇演藝工作這條路，好像都覺得沒什麼好不可思議的。

由於伏見已經跟我約定好要一起上大學，說實話，我此刻的心境有點複雜。

「伏見說了，她要繼續念大學啊。」

「就算是演員或聲優，也有人大學畢業的吧？」

這麼說也有道理，感覺自己可以接受了。

對喔，也該考慮將來的出路問題了，畢竟我們都高二了。

對於已經有志向的人來說，當然可以朝目標努力邁開步伐，至於對腦中還沒有任何打算的人來說，至少先考個大學來讀也不會錯。

「……」

鳥越迅速朝我瞥了一眼。

「從剛才起，你的話就很少啊。」

「是嗎？」

「高亮，你該不會是洩氣了吧？本來只屬於我的姬奈竟然!?是這樣對不對。」

篠原促狹地噗嗤一笑，但我現在並沒有多餘的力氣陪她鬥嘴。

「我才沒那種想法哩。」

「或許是因為你對她看習慣了，才會覺得她也沒什麼。但其實，伏見同學要說是全縣第一的美少女也不為過喔？」

「幹麼突然提這個啊。」

關於這點，我早就知道了。

「像這樣的女孩子，就算想演戲也不是什麼不可思議的事吧。」

「大概，吧。」

我的回答非常不乾脆。

自己的這種心情，究竟是怎麼回事。

那就好像，原先一直在逃避的作業突然被塞回自己面前一樣。

其實，我自己何嘗不想有所作為……沒錯，擁有某個「目標」。

然而那個所謂的「目標」，還停留在不知何時何地的虛無縹緲狀態，它究竟有多麼遠大，會以什麼樣的形式呈現，以及會為自己的人生填上何種色彩，我到現在還是一點頭緒都沒有。

始終待在身邊陪伴我的伏見，心中早就已經擁有那個我遲遲遍尋不著的「目標」了。

或許正是因為如此。

那並不是讀書天賦，也不是運動神經，更不是姣好的外貌，那是一種所有人都能公平擁有的事物，而伏見已經找到了，這才是使我內心為之一驚的原因。

「……伏見並不是我的私人物品，她想做什麼，都是她的自由吧？」

那兩人盯了我好一會。

「小靜，妳聽到了嗎，他說『伏見同學不是他的私人物品』。」

「知、知道了啦，別再重複一遍。」

篠原用腳踢了鳥越一下，鳥越也輕戳對方予以回報。

我稍微喝了一口尚未加糖或奶精、味道難以下嚥的黑咖啡。

汁液在舌頭上的觸感很滑潤，甚至還帶著一點甘美。

伏見她，是不是已經敢喝黑咖啡了。

即便我對過往的伏見很清楚，但如今的伏見我卻幾乎一無所知。

「不用說，今天的事當然要保密囉？直到伏見同學主動公開以前，這裡的所有人都不能提起。」

「我知道啦。」

意思就是要大家等伏見做好心理準備。反過來說，一旦她已經有了覺悟，這個祕密隨時可以公開。

「啊，我中午過後還有事，那就在這邊解散吧。」

說完篠原站起身，把還帶著的紅豆麵包一一分配給我們。

很遺憾跟蹤行動都完畢了，麵包還原封不動。

我隔著玻璃窗目送走出店外的篠原。

「伏見同學她，將來到底想當什麼呢？果然還是演員吧。」

「她才不是那種人。」

「呼呼，你吃醋了嗎？」

「我吃什麼醋啊？而且，我吃誰的醋？」

「天曉得。」

鳥越的嘴角微微掀起微笑。

該怎麼說呢，感覺自己好像被她看穿了一樣，內心非常不自在。

「既然不是吃醋那就是嫉妒囉。」

「這個話題，就到此打住吧。」

我明白了——鳥越露出比剛才更明顯的笑容說道。

喀啦喀啦——她用湯匙攪拌著已經所剩無幾的咖啡。

「小美那傢伙……」

嗯？我用眼神詢問對方，但鳥越只是輕輕搖頭。

「這之後，妳打算做什麼？現在才早上十一點而已。」

「高森同學，你不回家嗎？」

「啊啊……如果妳也那麼覺得，那我就回去吧。」

「咦——那如果我說我還有想去的地方，你願意陪我嗎？」

「妳有想去的地方我就奉陪啊。反正難得有機會來這附近一趟。」

「那，你稍等一下喔。」

只見她慌忙拿起手機不知開始搜尋什麼。

「類似，這種地方——不知您意下如何？」

「幹麼突然用敬語啊。」

在她所遞出的手機螢幕上，顯示出這附近一帶的大型書店地圖。

「好啊，嗯，沒問題。」

「如果是去這裡，就可以閱讀到許多不同種類的書，漫畫的品項數量也是這個地區最可觀的……」

她說漫畫種類很可觀這點吸引了我，於是我同意跟她一起去那間書店。

「那間店真的很大喔，你要當心一點。」

「當心什麼？」

「走失之類的。」

「我是小朋友嗎？」

「不，不是那個意思，我是指我……」

「妳會走丟？」

我忍不住笑了出來。

「因為我是路痴……就算是已經熟悉的場所，也會時常搞不清楚自己身在何方，或是正在朝哪邊前進。」

鳥越看起來明明很穩重可靠，真叫人意外啊。

「因此，必須請你帶我去……」

「啊啊，所以妳才打開地圖。」

這麼一來我就搞懂了。

我重新檢視手機上的地圖，確認該走哪個方向才對。

幸好，距離約莫徒步五分鐘就到了，這種程度的路程應該還不必當心迷路吧。

「我喜歡的作家好像有新書上市了，我對此還滿感興趣的。」

走出咖啡廳後，室外開始落下豆大的雨珠。

不知何時天空已經變成鈍重的鉛灰色，感覺等下雨勢還會變得更加劇烈。

我們找到一間便利商店走進去，一人出一半費用買了把雨傘。

「這樣真的好嗎？跟我一起撐傘。」

「既然鳥越也出了一半的錢，當然有雨傘的使用權囉。」

「……是這樣，嗎？謝謝……」

她輕聲向我致謝，並小心翼翼地進入傘下。

在開始變強的雨勢中，我們平安無事地抵達那間書店。

在店門口抖去雨傘上的水珠時，鳥越好像很不滿地歪著腦袋。

「……沒想到距離這麼近。」

「嗯，真是太好了。畢竟外頭在下雨啊。」

「……要是距離再遠一點就好了。」

「那樣會淋溼吧。」

當我這麼說的時候，鳥越已經轉身背對我走進書店了。

店內的空間極為寬廣，整棟五層樓的建築都被這間書店包辦了。

我在漫畫專區尋找自己感興趣的作品，檢查自己收藏的書是否有新的集數上市。

如果是一般的書店，這種事花不了十分鐘就可以搞定了，但這裡果然如鳥越所言漫畫種類極為齊全，我花了將近一小時才逛完一圈。

至於跟我分開行動的鳥越，想必是去了小說專區吧。順道一提那是在二樓。

剛才有一瞬間，我心裡還懷疑這算是約會嗎？現在想起來覺得自己真丟臉。

不過，分別依據各自的目的行動，最後再會合這點，感覺是相當合理的判斷。這麼一來當自己在閒逛的時候，就不必擔心另一個人的感受了。

「……」

在無比寬廣的樓層一隅，我找到了原本理應在小說專區的鳥越。

這時，對方好像也察覺出我的到來。

「啊，抱歉。我想說你會去看Ａ漫，所以就跟你分開行動了。」

「慢著，為何以我會去找Ａ漫為前提啊。」

跟班上的女同學一起來逛書店，我才不會犯那種低級錯誤哩。

附帶一提，鳥越此時手上所拿的，是一本有點大尺度的漫畫。

「這部ＢＬ漫，我也想推薦給伏見同學。」

「妳應該是被我撞見不法的現行犯吧，至少稍微慌張一下啊。」

她手中那本漫畫，封面是兩個打赤膊的型男抱在一起。

「如果我跟她的喜好完全不同，我就不會推薦給她了。不過，在我讀過的小說當

© Fly

中，假使我覺得這本她可以看得下去，我就會對她說，伏見同學這本很有趣喔。」

看來鳥越似乎感受到，沉眠在伏見體內的素質了。

「我跟小美討論小說時，她也會問那部是ＢＬ吧。」

篠原，沒想到妳也是啊。

「所以說，ＢＬ也是文學喔。」

總覺得……這是意味深長的發言。

不過，這真的別有深意嗎？我也搞不懂。

「高森同學，你要不要也嘗試一下？」

「別推薦我那個好嗎，我怕我闖進了不該開啟的大門啊。」

「這倒是……說不定會讓人很困擾。」

就是說啊──我的語氣中夾雜著嘆息。

從剛才開始，這區附近的女性顧客就投來了讓人難以忍受的帶刺視線。

那就先這樣──我自行返回剛才的漫畫區。

這種感覺就好像不知不覺闖入了女用內衣褲的賣場一樣，終於可以從那種莫名其妙的緊張不安感中解脫了。

「鳥越就是用那種方法傳教並增加同伴的嗎？」

如果視為交朋友的一種手段，那這種做法其實還不賴，只是我很難想像伏見沉迷其中的模樣。
我分別拿了感興趣的一冊漫畫及另一本新刊，前去結帳。這時烏越似乎也已經選好書了，正在櫃檯前排隊。
「肚子好餓啊。」
離開書店後，我們漫無目的地在街上閒逛。
時間已過了正午。
檢查一下錢包裡剩餘的財產，雙方應該都還有一點餘力才是，所以就找了間家庭餐廳進去用餐休息。
「你跟小美交往的時候，感覺怎麼樣？」
在點的漢堡套餐還沒送來前，烏越若無其事地這麼問道。
「我們才沒有交往呢。那只是她打賭輸了被罰要跟我告白而已。」
「咦？」
在那之前一直滑手機的烏越，揚起彷彿大吃一驚的臉龐。
「可是，你不是對她說『如果小美不跟我交往那我就要自殺』嗎？」
「妳覺得我是那種會熱烈追求女生的人嗎？」
這麼說來倒是沒錯——烏越臉上浮現複雜的神色。
「篠原說的跟事實剛好完全相反，當初是那傢伙主動的，結果她卻跟妳說是我幹的好事。」

「……難怪我就覺得有點不對勁。」

兩客漢堡套餐伴隨女服務生高亢的招呼聲送了上來。我一邊享用，一邊就自己所知的部分說明給鳥越聽。

「……就是這樣，嗯，總之才三天我就被甩了。」

呼嗯——鳥越嘆了口氣。

「這麼說來，你們什麼都沒做？」

「連手都沒牽過。」

原來如此——鳥越用刀叉切開漢堡送入口中。

我因為嫌麻煩，用的是筷子。

「呼嗯，是嗎？」

妳要感慨幾遍啊。

「該說這很像是小美的作風嗎？那傢伙很愛面子，或許是怕別人覺得她幹了蠢事會讓她很丟臉吧。或者可能，在小美的心中，這已變成了不想讓任何人知道的黑歷史。」

「原來我是篠原的黑歷史喔。」

咯咯——鳥越不好意思地笑了笑。

她用叉子插進乾癟胡蘿蔔，一口吃進嘴裡。

「那接吻呢？」

「當然沒有。」

「跟誰都沒有嗎？包括伏見同學在內？」

一瞬間，我想起在電車裡不小心撞在一起那次，不過那個不算，那只是意外。

「沒有。」

鳥越發出了今天不知道第幾次的「呼嗯，原來如此」。

被幾乎不帶任何表情的鳥越如此回應，總覺得自己就像被她觀察的目標一樣。

「那反過來我也要問鳥越，妳有經驗嗎？」

「你認為我有？」

「搞不好會出人意表啊。」

「這個嘛。」

「快說啊，我都說了。」

「任憑你想像吧。」

「呿，這算什麼啊。」

真無聊——我無奈地抱怨道，鳥越則看似愉悅地晃動著肩膀。

接下來，她才露出嚴肅的表情說道。

「沒有經驗，會讓人覺得很奇怪嗎？」

「女生總是比較早熟一點，有經驗的人數應該會比男生多吧？不過就算沒有，我也不覺得有什麼好奇怪的……」

這種話題，別跟身為男生的我說啊。

如果她只是隨口聊聊那我也沒意見就是了。

「在洗手間之類的地方，跟男朋友接吻了，之後又發生了什麼什麼——有些女生的確會像這樣一副向他人炫耀的模樣。這時候，小美就會以『我懂我懂——』的口吻加以贊同。然而，我卻完全無法理解。雖然也曾妄想過跟喜歡的人做這種事，但並不認為應該要說出來跟朋友分享自己的心情。」

想跟喜歡的人做這種事——？

「……」

「怎麼，你臉紅了？」

「沒事。」

鳥越說那番雖然沒有別的用意，但我還是不自覺盯著她的嘴脣和雙眸。

微微歪著頭，鳥越繼續說道。

「像那樣的女生，總會把自己說得像是少女漫畫中的主角。而聽故事的那方，則會以『然後呢然後呢』催促她說下去。其實我也差不多，就在短短一個月之前，我也以為自己搞不好會進入那種少女漫畫的世界呢。」
「這種事，別對我說啊。」
「真抱歉。我沒有別的意思，只是覺得你比較好說話，所以才忍不住。」
「妳對我有那樣的評價，我倒是很高興啦。」
我為了去裝漢堡套餐所附的飲料而站起身。
「哎呀，這不是小諒嗎？」
「啊啊，您好。」
在這裡碰到了伏見的父親——經久伯伯。他戴著一副圓滾滾的眼鏡，臉上掛著溫和的表情，跟以前遇到的模樣完全沒變。
其實經久伯伯的五官是很精緻的，伏見想必是遺傳到父母雙方的優點吧。
經久伯伯所在的包廂席，跟我和鳥越所坐的地方很近。
至於跟他一起用餐的人，有先前跟蹤時撞見的小男孩以及看似男孩母親的女性。
大概是上完演藝課過來這裡吃飯的吧。
「姬奈剛剛還在的，不過她突然表示果然還是吃不下，就先回去了。」
「原來是這樣啊。」
如果是從他們的座位，可以清楚看見我們兩個在這邊。

⑥ S級美少女的將來

根據經久伯伯表示，他不時會去演藝教室看伏見練習的情況。

「咦，你竟然不知道？真叫我意外呢。我還以為姬奈一定會把上課的事告訴小諒。好吧，說實話我也不是打心底贊成她這麼做，不過她既然有心要練習，那我也只能幫她加油打氣了。」

說到這，經久伯伯笑了。

對方那種有點尷尬的反應，是出於伏見事先沒告訴我她去上課的緣故，還是另有原因呢。

我返回自己的座位，鳥越瞥了我剛才被叫住的方向一眼，又喝了口柳橙汁。

「剛才那個人，是你朋友嗎？」

「他是伏見的父親。」

「原來如此。」

「鳥越，那妳有什麼打算？我是指高中畢業後的計畫。」

「什麼叫計畫？」

「那我該用什麼形容方式才對啊。」

「這個嘛……到了現在，我終於可以稍微理解伏見同學的心情了。也就是自己想做的事卻不能公開出來的感受。」

鳥越用吸管在杯中毫無意義地攪拌著，同時凝視出現漩渦的柳橙汁。

「妳說妳理解了什麼？」

「就是不必每件事都一一說出來啊，那種行為，也只有少年漫畫的男主角才會做吧。把自己的目標，高調地宣言給所有人知道，普通人才不會那樣。」

「嗯，好吧……」

「那種無法輕易說出口的狀態，反而更接近現實的情況。在伏見同學的心中，那個目標可不是什麼憧憬或虛無縹緲的夢想而已。」

這番冷靜的大道理很有鳥越的風格……至少我聽了她的說明後覺得頗有道理，伏見之所以不肯輕言公開的顧慮，我如今也能接受了。

「就是這麼回事，必須把祕密隱藏在心中。」

鳥越雖然基本上是面無表情，但如今卻露出得意洋洋之色，彷彿在強調「我說得很有道理吧」似的。

「根據經久伯伯……也就是伏見她爸爸的說法，她好像想走演技和戲劇那條路線。」

「她既努力又專心一意，不論是電視劇的演員，或聲優、舞臺劇演員，我想她都有辦法實現吧。如果是伏見同學，一定不成問題的。」

我的心臟突然猛跳了好幾下，為什麼會有這種感覺。

「……………或許吧。」

好不容易，我才勉強擠出這句話。

關於這個話題，到此就算討論結束了，鳥越接著聊起別的事。

在物理教室明明沒幾句話可聊，但今天卻說了那麼多，我也在她的影響下談得相當盡興。

到了傍晚時分我們才離開家庭餐廳，並在濱谷車站前解散，鳥越跟我前往相反方向的月臺了。

她那個方向的電車先到站，上車以後鳥越在窗邊跟我遙遙相望，還露出羞赧的模樣朝這邊微微揮手。

我也揮手回應她。

叮咚——手機這時發出了電子提示音，有人傳訊息給我。一看是鳥越發出的。

『謝謝你今天陪我，我很開心。』

不客氣——我這麼回覆她。

這則訊息一下子就被已讀了。

本來以為她還會回覆給我，沒想到接下來傳訊的人不是鳥越而是伏見。

『今天你跟鳥越同學出去玩嗎？為什麼不順便約我一起去呢！』

伏見不滿的表情立刻浮現在我腦海。

『妳當時也在那間家庭餐廳對嗎，要是妳過來找我們就好了。』

這段回覆也被她已讀了，但她卻遲遲沒有回應。

說什麼為何不約妳，但妳不是要去上課嗎？

我都已經在訊息輸入欄把這段話打好了，但最後又全數刪除。

才回到家門口附近，我就立刻聞出今天的晚餐應當是咖哩。

我把自行車放在停車場一旁充當腳踏車位置的空間，然後走入家中。

窺看廚房一眼，母親正在攪拌煮咖哩的鍋子。

「回家也不說句『我回來了』？」

「那種話是要在對方發現前講的吧。」

「歡迎回家。」

「我回來了。」

今天母親應該是值夜班。貼在冰箱上的值班表是這麼寫的。

「那個，媽，妳當初為何想當護士啊？」

「問這個做什麼？」

「沒，只是突然想到。」

我偷偷瞥了母親一眼，只見她露出彷彿貓咪企圖惡作劇的表情端詳著我。

「怎麼，怎麼怎麼啦，我兒子正青春耶——？」

「吵死了，才不是妳說的那樣。」

「已經是叛逆期了嗎？你的用詞好粗魯，真是嚇死人了。」

老媽才不會被這種事嚇到哩。

「所以我當年到底為什麼要當護士呢？」

「理由什麼的早就忘了——是這樣嗎？」

「我還沒那麼老好嗎？」

母親狠狠瞪了我一眼。

「自己不知不覺就變護士了，應該是這樣吧？」

「啊，是嗎……」

「今天是媽煮的咖哩，不是茉菜口味的咖哩喔。」

啊，是嗎——我又用類似的句子回答母親。

看來茉菜今天好像要在外頭過夜，應該是去朋友家玩了。
「她吵著『反正葛格也不陪人家真是受夠了——』然後就出門了。」
「簡直是歷歷在目啊。」
「茉菜以後會成為好妻子喔。她長得既可愛胸部又大。」
跟最後那句有什麼關係嗎？
我吃完母親為我煮的咖哩後，從餐桌座位站起身。
回房間隨便打發時間的途中，伏見撥了電話過來。
「怎麼了嗎？」
『我剛才聽說，我父親跟你談了許多。』
「是啊……關於妳去接受訓練的事。」
『嗯。其實我並不想隱瞞，遲早有一天是要對小諒說實話的。』
我沒法對她說實話，其實我並不是被經久伯伯告知，而是我親眼看見的。
那之後，伏見對我說明她為何要選擇這條道路。
據她所言，最初的契機是中學時代欣賞話劇的經驗。
現場觀看演員的演技，被他們的熱情能量跟強大感染力所震懾，就開始夢想自己也能走上那條路。
「原來是這樣啊。」

『嗯，這就是小諒所不知道的「我」了。』

對此我只能苦笑以對。

「彼此彼此吧，誰也不可能知道對方所有的事啊。」

『所以，小諒一定也有我不知道的一面。』

沒錯——我這麼說道。

中學的那三年再加上高一的一年，合計有四年之久，這麼長的時間勢必會產生我們對彼此陌生的部分。

『關於我去上課的事，老實說，你有什麼感想……？』

我脫口說出從鳥越那借來的話。

「如果是伏見，應該會成功吧。不論是想當電視劇演員或舞臺劇演員，都沒有問題。」

伏見聽了發出好像很害臊的笑聲。

『謝謝你。』

接著，她又這麼說。

「這句話我還沒對任何人說過，不過，我想成為演員。」

就像少年漫畫的主角一樣，她發出宣言。

7 嫉妒與再次點燃

◆伏見姬奈◆

跟小諒講完電話後，我把手機的畫面關掉。

「……」

中午看見的事，我並沒有追問他。

一進入家庭餐廳的瞬間，我就察覺到坐在窗邊的那兩人了。

稍微窺伺他們的互動後，我就跟父親表示想先離開並返回自家。

鳥越同學很健談地滔滔不絕，小諒的回應也頗熱烈，看他們聊得好像很開心的樣子。

那個時候，我並沒有勇氣介入他們那張餐桌。

就算是我，也懂得察言觀色是什麼意思。

然而，我也不想待在他們附近。

好比，為什麼只有他們兩人單獨出門？

又好比，小諒今天為何完全沒對我提起要出去玩的事？

光是他們的對話掠過耳際，上述的質疑就會不斷在我腦海載浮載沉。

『上次對妳提過的漫畫我今天已經買了，下次碰面拿給妳。』

鳥越同學傳了這樣的訊息給我。

鳥越同學她，曾對小諒告白，結果是以被拒絕的形式收場。不過，她不可能馬上就變得不喜歡他吧。

這明明是理所當然的事，我卻以為自己已經把小諒拉回安全範圍了。

「就不能，有個圓滿的收場嗎？」

好難啊。

下次該以什麼樣的表情跟鳥越同學見面才好，我已經毫無頭緒了。

雖然我以前曾誇下海口，漫畫裡的女角如果換成是自己一定要貫徹喜歡男主角的心意，但對以前的這種說法我好像逐漸喪失自信了。

小諒曾說，我待在他身邊感覺才是最自然的——雖然他有過類似這樣的表示，但也不等於他身旁的那個寶座就是我的囊中物了。

當篠原同學問我們是不是男女朋友時，小諒他毫不遲疑地回答我們並沒有在交往。

這讓我有點苦惱。

我倒在床上，把臉埋入枕頭中。

「為什麼你一點都不遲疑嘛，笨蛋……」

我打開手機程式，輸入打算要傳送給鳥越同學的訊息。

『謝謝妳！我很期待！』

總覺得不太對勁。這種回答太客套了，感覺非常空洞。

刪掉，刪掉，刪掉。

『謝謝。』

光只有這樣，感覺太冷淡。

刪掉，刪掉，刪掉。

鳥越同學家附近沒有書店——之前好像曾聽她這麼抱怨過。

因此，她一定只能趁今天這個機會去買漫畫。

『跟小諒的約會，還愉快嗎？』

這就對了，這才是我想說的肺腑之言。不過……刪掉，這種話怎麼能問呢。

她跟我聊天時，因為彼此有共通的興趣所以氣氛還滿熱絡的，但要像今天她跟小諒聊得那麼開心，我卻幾乎沒見過。

「那是當然的囉。」

我自己又何嘗不是如此
只要跟喜歡的人在一塊，不論做什麼都很開心吧。

◆鳥越靜香◆

『上次對妳提過的漫畫我今天已經買了，下次碰面拿給妳。』
這則訊息已經被讀取過了，但對方並沒有回應。
或許她忘記了，我之前提過的漫畫是哪一本吧。
於是我把作品的官網網址貼給她，再傳送一次。
一時興起給她推薦的內容可能太過激烈了，這點得稍微反省一下。
因為還有試閱的網址，我也順便傳給她。
『妳可以看一下。』
這下應該想起來了吧，我把自己是在什麼時候跟她推薦過這本書的，也順便打進訊息欄，但我的指尖頓時停住了。
……我正在焦慮。
儘管只有一點點，但我確實產生了罪惡感。
對朋友喜歡的男生，雖說是出於自然而然的發展，我畢竟還是約他出去玩了。

況且，我心底也還在喜歡那個男生。

出於地獄般的遲鈍，那傢伙不時會說出一些讓人怦然心動的話。

一開始我們就不確定伏見同學上課什麼的要耗時多久，再加上我跟高森同學今天也不是在路上偶遇，這些都促成了後來的書店約會。

今天的跟蹤行動本來就說好要對伏見同學保密，高森同學應該也不會故意洩漏給她才是——

倘若一切按照計畫，今天的約會就會以我跟高森同學之間的小祕密作收了。

然而，計畫畢竟趕不上變化。

得知伏見同學當時也在家庭餐廳內，一股強烈的罪惡感頓時在胸口內膨脹開來。

倘若她看到我們在一塊時心裡沒有任何芥蒂，就不會獨自先離開了。

「時機真不湊巧啊……」

我跟伏見同學，或許就是在這種宿命下誕生的吧。

明明有一部分個性相當合得來，但又具備非常容易起衝突的另一面。

但要我向她道歉，感覺又很怪。

『你們獨處之後又做了什麼!?』

這時小美傳了訊息過來。

那傢伙不懷好意咧開嘴的表情浮現在我眼前。她今天讓我們獨處這件事可說是做得極為漂亮，我在心中向她致謝。

我將之後的過程以及伏見同學的反應向她說明，咚咚咚——結果她連續傳了好幾個嚴肅表情冒冷汗的貼圖。

『這麼一來，我不就變成壞人了嗎？』

『不過既然他說他們沒在交往，那妳也不算壞人了吧。』

那只是在名義上而已，實質而言我依然是。

『軍師大人，我究竟該怎麼辦才好？』

『我哪知道。』

我仰仗的軍師好像也舉起雙手投降了。

『把錯全都推到高諒身上 wwwww』

『這個好 w』

『不過說正經的，我覺得這不能怪妳，因為妳也喜歡他啊。』

內心感受被她打成文字後，讓我覺得更不自在了。

『高諒大概會覺得自己承受不起吧，對那位公主。』

啊啊，是嗎？

今天我也隱約感受到高森同學那種不太爽快的反應以及不自在感。

如果說那是他感覺自己難以承擔，對方的條件遠超過自己的能力，這種解釋就再精準不過了。

『誰知道呢。』

雖說我覺得風向轉成這樣也不賴，但我之所以會抱持負面的心態發言，鐵定還是自信不夠充分的緣故。

『一個是任誰都會回眸的大朵向日葵，另一個則是路旁的蒲公英。』

究竟誰是向日葵誰又是蒲公英，根本不言可喻。

『我們之間的差距就是這麼大啊。』

『妳都不稍微否定一下，感覺我剛才好像是在狠狠諷刺妳一樣，讓我有點良心不安耶。』

『妳說的的確是事實啊。』

『不過，這種劇情如果是在少年漫畫就會有超熱血的發展喔。』

『……那只是漫畫，在漫畫裡才有。』

沒錯，如果這是一部漫畫，我就能上演大逆轉的戲碼了。

從小時候就在一起相處，形同家人般的關係——這種例子時有耳聞，一旦遇到某種契機，兩個人的親密程度就會瞬間升級。有可能促成雙方好事的機會簡直是不勝枚舉。

像這樣的青梅竹馬，就像開掛般難以對付。

不過，我也只能挺身戰鬥了。直到我們之間有一人先放棄，不再喜歡高森同學的那一天為止。

不論她跟我的交情有多麼好，我們還是喜歡上了同一個異性。

之前的結果，只能算第一回合。我只不過是暫時落後罷了。

8 與青梅竹馬她們的戶外活動　其2

「我好想烤肉。」

伏見以極為認真的表情這麼說道。

「咦咦咦……」

我的反應很微妙。不過，鳥越似乎跟我不同，這個提議讓她的雙眸隱約發出興奮的光芒。

「那不是很好嗎？」

她對這個提議的贊同程度遠勝於言語，光看她的眼神就明白了。

對於幾天後就要展開的黃金週假期有何安排，儘管當初說好要用來複習功課，但相關的話題卻在我們之間縈繞不去。

「既然是朋友，就該出門烤個一、兩次肉才對味嘛。」

伏見以好像很得意的表情這麼說道。

對啊——鳥越也推波助瀾。

「只有三個人烤好像太冷清了。」

「要不然把篠原同學也找來吧。」

「再加上高森同學的妹妹，一共五個人。」

嗯，就這麼說定了——那兩人相視點頭，一副已經討論完畢的表情。

以前幾乎很少跟朋友出遊的伏見，加上情況也好不到哪去的鳥越，對烤肉這種活動好像都懷抱著淡淡的嚮往。

說起來我也是一樣，從來沒有跟朋友一起烤肉過，所以究竟好不好玩我也沒有概念。

不過，烤肉很麻煩很累人這個印象倒是可以確定的。

「不是應該還有某些更適合黃金週進行的活動嗎？」

「「例如什麼？」」

這兩人達成共識時的力量真驚人。

一下子被她們要求舉例，我腦中簡直是一片空白。

「看吧，就連茉菜她都說，即便葛格不參加她也ＯＫ。」

說到這，伏見把手機螢幕上的訊息秀給我看。

茉菜的發言正如伏見所轉述。

只要我退出，茉菜就會自動跟進——我們兄妹這種二合一的架構已然瓦解。

茉菜雖然跟篠原毫無任何接點，但前者好像一點都不介意這種事。那傢伙，本來就是這種開朗的性格。

「小諒，你對烤肉有什麼不好的回憶嗎？」

「不，應該沒有才對。」

頂多就是小學時，在暑假的同樂會或其他活動中烤過罷了。

「小三的暑假，我們不是烤過嗎？記得那一次，玩得好開心唷。」

去游泳，然後烤肉，接著又放煙火——伏見屈指細數當年的回憶。

「……人家，還想，放煙火。」

「嗯，那就放吧。」

「要留下美好的回憶。」

「趁這個黃金週假期。」

「『大家一起來吧。』」

那兩人緊緊握住對方的手。

她們的推動能力真是不可小覷。

「小諒也加入。」

伏見朝我伸出空著的另一隻手，臉上展現出百分之百的笑容。配合她的舉動，鳥越也伸出自己空著的手。

就是要我加入她們那個小圈圈的意思吧。

「我知道啦。」

雖然不太甘願，但我還是點頭答應了。

「儘管嘴巴裡一直在抱怨，但最後卻是玩得最瘋的人，小諒就是這種類型。」

「最好是啦。」

「高森同學，原來你那麼傲嬌。」

「我才不會屈服於烤肉，絕對不會。」

「啊，這種人一下就投降了。」

「嗯，沒錯。」

之後，那兩人暫時把複習功課的事拋到一邊，熱烈討論起烤肉地點及食材的問題。

討論這個還是比讀書要有趣得多，因此我一邊聽那兩人對話一邊做出適當的回應，偶爾也提提自己的意見。

「伏見，妳『學校』那邊不要緊嗎？」

「咦？啊啊，嗯。」

伏見已經知道，鳥越知道她去受訓這件事。

「老實說，連假最後一天有劇團公演，我也被安排了一個小角色。」

說完她羞赧地笑了。如今她正為了那項公演努力排練。

「是什麼樣的戲？」

鳥越追問道，伏見便把詳情告訴她。

看來，似乎在數場公演當中有一場是輪到伏見登場。因為同樣的角色還有其他兩人可以扮演，因此她們是採取每天換人的方式。

那個劇團裡，有好多人都是從同一個演藝學校出來的，所以只要有意願就可以去劇團面試。

那是一齣原創的時裝劇，至於伏見的角色，是扮演主角（卅多歲女性）的女兒。

「我的臺詞其實並不怎麼多，而且根據設定是中學生，會不會有點奇怪啊？我都已經是高二了。」

鳥越迅速瞥了伏見身上的某部位，說了句「會嗎？」並疑惑地歪著腦袋。

「一點也不會不自然所以沒問題的。」

……她剛才，是在看胸部吧？

「那太好了。」

伏見露出天真無邪的耀眼笑容。

「妳要加油喔。」

「嗯，我會努力的。」

好像是鳥越通知了篠原過來，她人也已經到了。

跟篠原會合後，大家決定到附近的公園討論烤肉事宜比較方便。

我們占據一座沒有人的涼亭，四人圍繞中央的木桌而坐。

「為什麼突然想到要烤肉啊？」

應該還有其他活動可以選啊——篠原一開始也有點傻眼，但似乎大致上贊成。

「我妹也要參加，可以嗎？」

「啊啊，是茉菜嗎？當然好囉。」

妳認識她喔？

「看你一臉驚訝的樣子。我弟弟跟茉菜是同學，所以我不時會聽他提起茉菜。她就是謠傳中的『辣妹高森同學』吧。」

茉菜那傢伙在許多方面都相當引人矚目啊。

當大家正式開始討論時，我注意到公園的路燈已經點亮，而周圍的天色正逐漸昏暗。

最後設了一個五人的討論群組，約定好細節問題在群組裡討論後，大家就解散了。

「真期待……」

在回家的路上，伏見露出陶醉的表情這麼喃喃說道。

「看妳那副迫不及待的模樣，舉辦這個活動也不算白費了。」

「老實說，我當初跟鳥越同學剛交上朋友時，心中就在暗地計畫這件事了。」

難怪她會如此強力推動。

接著伏見又說了好多烤肉的規劃，等到差不多都講過一遍了，她冷不防說道。

「小諒，你要不要一起來？」

「演戲嗎？我看我還是不要吧。」

「搞不好你試一試就會迷上喔？」

「如果真要我參加，我當幕後人員就可以了。」

「……有的有的，劇團的幕後人員很多。演戲並不是光靠演員就夠了。」

她的表情比想像中更認真，害我有點被嚇到。

「我是說，如果我參加的話，但是我並沒有那個打算。」

「是嗎？」

那之後，伏見又繼續對我說。

「並不是所有演員都是俊男美女唷？儘管大家會覺得演員好像都長得很好看，但其實也有人是以擔任配角而聞名的。」

伏見又舉了這樣的例子，似乎很想把我拉到那條路上。

「那邊的初學者很多，氣氛應該也不會太嚴肅啦——？」
她偷偷端詳我的反應，若無其事地勸誘我加入。
「我知道，我知道啦。讓我考慮考慮。」
「太好了，你一定要認真考慮唷！」
伏見一臉開朗之色。
「只要你認真投入就會感受到樂趣的，我打包票。」
她又恢復那種拚命三郎的模式了。
「其實我也才剛開始上課半年而已，感覺演戲還是滿難的，經常煩惱自己的演技無法變得更出色。但相對地，一旦抓住了某個訣竅就會覺得自己真是閃閃生輝，這種滋味在別的地方體驗不到呢。」
伏見又說了類似漫畫主角的臺詞。
在伏見的人生劇本中，主角一定是她自己吧。
至於我的人生劇本主角，目前尚未決定。依照目前的情況，八成還是伏見。
黃金週假期第一天。
我們抵達位於深山的露營車場地。
「葛格，你看！螃蟹，那邊有螃蟹！」

茉菜蹲在溪流旁邊露出閃閃發亮的雙眼，亢奮地指著。

「別那麼激動好嗎，很丟臉耶。」

又不是小朋友。好吧，她的確是我們當中年齡最小的沒錯。

附帶一提，今天成員中年紀最長的，是伏見的爸爸也就是經久伯伯，其次則是我母親。

畢竟這種地方還是不能讓未成年人單獨前往，因此伏見家跟高森家的車輛都出動了，最後變成在監護人陪伴的情況下舉辦烤肉活動。

「茉菜好可愛唷……」

哈啊啊——伏見看得著迷了。

沉重大件的行李由我跟經久伯伯負責搬運，女孩子們則是拿食材之類的。

「小諒，你去幫經久伯伯用木炭生火吧。」

「好。」

因為是有規劃的露營車場地，附近就有現成的水源跟其他烤肉設備。

「茉菜，妳是最有戰力的女生，不要玩螃蟹了快過來幫忙啊！」

母親稍微喘口氣後，就把正熱衷於螃蟹的茉菜叫回來。

咳咳——伏見清了清喉嚨。

「那麼，爸爸跟小諒負責生火。我來料理食材吧。」

她捲起衣袖一副自信滿滿的樣子，但臉色不太好看的鳥越拍了拍她的肩膀。

「伏見同學還是去做其他事吧，這邊的人手已經夠了。」

「是、是嗎？」

已經停止玩螃蟹的茉菜也以嚴肅的表情點點頭。

畢竟伏見可是一位能將南瓜以外的食材都變成廚餘的鍊金術士啊。

如果把這些有限的食材變成其他玩意，那誰受得了。

「……等等，篠原妳打算光坐著等嗎？」

「用不著我啦。我負責幫高諒搧風好了。」

「妳要搧風不如對著炭火……」

坐在一旁的篠原，啪噠啪噠揮著扇子送來陣陣風勢。

好涼啊。

我不經意往食材料理區的方向一望，伏見正在專心清洗烤肉鉗和烤肉架。

「姬奈上次像這樣跟朋友們出來玩，已經是小學時代的事了。」

經久伯伯露出一副感慨的模樣說道。

雖說她最近經常跟我一起玩，不過我大概不被列入所謂的「朋友」當中吧。

火焰從火種蔓延到木炭上，讓木炭變成橘紅色。

啪唧啪唧——輕微的乾燥爆裂聲不時響起。

「這是烤肉架。」

伏見把洗得很乾淨的金屬網放上去。今天，在時尚警察的指導下，她選了方便活動的戶外裝扮，頭上還戴著棒球帽，長髮亦在腦後束起。

「她昨晚好像興奮到睡不著喔。」

經久伯伯看著伏見一邊說道。

「妳這傢伙……又不是遠足前一天的小學生……」

「我、我才沒有。只不過是準備工作太多所以晚睡罷了……」

已經切分好的食材盛在碗裡，被茉菜端了過來。

「葛格不要嘲笑別人，你自己還不是一樣。」

「我才沒有。我又不是睡不著，只是習慣熬夜而已。」

「有差嗎？」

咯咯——茉菜發出訕笑聲，又走回食材料理區了。

「小鬼。」

篠原也對我露出嘲諷的目光。

「妳很吵耶，中二病。再說一句我就讓妳無法聽從宿命的安排。」

「那是以前好嗎！我現在是正常人！」

啪啪啪——她用扇子打了我好幾下。

「？……你們的感情什麼時候變得這麼好了？」

伏見似乎很不可思議地歪著腦袋。

「我們的感情一點都不好！」

「高諒是個愛逞強又傲嬌的混蛋，所以才不肯乖乖承認這一點吧？」

「妳這傢伙……誰傲嬌了。」

「準備烤肉～準備烤肉～」經久伯伯重複喊著類似電車裡的廣播聲，並為了檢視保冷箱的內容物而起身離席。

「那個時候不也是嗎，如果你乖乖說你也喜歡我的話，那我們不就可以交往更長一段時間了。」

篠原露出促狹的表情，用扇子戳了我好幾下。

「別說了，我們根本沒交往吧。」

明明就是打賭輸了被罰的。

「咦？你們在說什麼？」

伏見一臉驚愕之色。對喔，這件事好像從來沒跟她提過。

「篠原曾在中學二年級的時候向我告白。」

「是，這樣嗎？」

伏見喃喃說了句「我去一下洗手間」便離開了。

她隱藏在帽簷下的側臉，感覺好像有點悲傷。

這時篠原一臉嚴肅地對我問道。

「喂，你沒跟她說過嗎？」

「我沒事說那個幹麼。」

「啊——討厭……我剛才也太大意了。」

篠原仰天長嘆。

「天上的眾神啊，請務必讓這個男的吃烤肉食物中毒吧。」

「拜託，別許那種不吉利的願望。」

篠原回了句「真是的」，並伴隨一聲重重的嘆息。

「我雖然沒跟伏見提過那件事，但那是妳打賭輸了的懲罰吧，而我只是被惡整而已。」

「那並不是……打賭的懲罰喔。」

咦？

我為了親眼確認篠原的表情而死盯著她。

然而她的視線並沒有跟我產生交集，只是逕自啪噠啪噠對炭火搧風。

「真抱歉……之前說那是打賭輸的懲罰，其實只是你的猜測而已，我當初為了避免尷尬，就順著你的話頭。事實上，並不是那樣。」

「不是那樣……」

「你別管我了，快去找伏見同學吧。」

「可是她剛才說去廁所。」

「那只是藉口啦。」

如果真是那樣我該怎麼辦？

不理會陷入困惑的我，篠原只是低聲說著「我也想跟能成為朋友的人好好相處啊，我並不想被人討厭啊」。

「我原本以為伏見同學早就知道這件事，對於剛才輕率的發言我向你道歉。」

「既然不是打賭輸了的懲罰……那也就是說。」

「你、你很囉唆耶。三年前的事現在還追究它做什麼。」

篠原又戳了我好幾下，我這才為了尋找伏見站起身。

總之，我決定先去廁所門口等等看，然而不要說是伏見了，那邊連一個人影都沒有。

伏見，妳究竟上哪去了。

我沿著茉菜剛才興奮追螃蟹的溪流往上游前進，最後發現一座小瀑布。有道石階往下延伸，底下有個頭戴棒球帽的女孩。

我拾級而下的途中，伏見突然開始大吼。

「小諒這個大白痴————————！」

雖然音量大半都被瀑布的水聲遮蓋了，但距離很近的我依然清晰可聞。

「還騙人家說，自己沒有接吻的經驗——————！」

我真的沒有啊。

「反正，他們一定已經做過許多色色的事吧——————！」

這傢伙，一定是以為誰也聽不到，才會像這樣肆無忌憚吧。

嗚喔喔喔——伏見發出咆哮，雙手抓起一顆幾乎有一人懷抱大小的岩石，朝瀑布的方向扔了過去。

她纖細的雙臂到底是怎麼積蓄如此大的蠻力啊。

「喂——伏見同學——？妳在嗎？」

「小諒，是個大色，狼…………嗯？」

正準備扔下另一顆大石頭的伏見，雙手一鬆讓石頭自己落了下來。

「怎、怎麼啦？小諒。」

現在才裝出正常的表情已經太遲了。伏見剛才那種宛如大猩猩的蠻力，都被我清楚看在眼裡。

「我希望妳，稍微聽我解釋一下。妳恐怕誤會了。」

「誤會？」

我坐在石階上，說明關於篠原的事。坐在我身旁的伏見，則默默聆聽我的說詞。

「……只交往三天而已？」

「沒錯。她很快就說『沒辦法』並把我甩了，所以……我們既沒有接吻，當然更沒有做進一步的事，甚至連手都沒牽過，也不曾一起放學回家。」

「你騙人。」

「嘎？」

「小諒曾跟篠原同學一起放學回家過一次。而且只有你們，只有你們兩個人。」

伏見嘟起嘴，陷入了極度不悅的狀態。

「見鬼了……」

「這件事，我可是相當清楚。」

「為什麼妳會知道？」

「因為我恰好撞見了。那時候因為你沒遵守約定，害我受到很大的打擊。」

她指的是什麼約定啊？或者該說，我有跟她約定過這種事嗎？然而，現在追問這些只是自找麻煩，還是予以無視吧。

「嗯，好吧，總之我們只交往了三天，根本還沒有任何親密關係就結束了。」

「這樣啊……」

伏見猶豫地玩弄著腳邊的小石頭，並以幾乎聽不清楚的音量悄悄說道。

「既然，還沒有跟別人親過……希望把，初吻，留給人家……」

我擱在石階上的手，被伏見的手掌蓋住了。

咚——心臟先是劇烈地跳了一下，接著跳動的間隔越來越短。

撲通。撲通，撲通撲通撲通撲通——

我可以感覺到，伏見那原本殘留些許涼意的手指，正逐漸注入暖意。

微微嘟起脣的她，在我面前揚起下顎。

雖然我已經記不太清楚了，不過小時候的我，應該是很喜歡伏見，所以就輕易對她許下承諾——要把初吻保留給彼此。

我用力嚥下一口唾沫。

可、可以嗎？真的沒問題嗎？

「葛格？」

這個叫聲讓人猛然回過神，雙方立刻以超敏捷的動作拉開距離。

像這種心照不宣的默契，只有彼此認識得夠久才能辦到吧。

「啊，找到了！真是的，怎麼可以烤到一半中途落跑哩——？等等有瀑布!?這裡竟然還有瀑布——!?」

因驚訝而雙眼閃閃生輝的茉菜，發出了讚嘆之聲。

「我、我們回去吧。」

「唔，嗯……」

要說完全恢復正常嘛，總覺得還是有點尷尬。

大概有好一陣子，我都無法直視伏見的臉吧。只要剛才她那種表情在我腦海中閃過，我內心就會掀起強烈的悸動。

「剛才是在跟姬奈姊姊親熱吧──？」

茉菜不懷好意地嘻嘻笑著，我則慌忙回以「怎怎怎、怎麼可能嘛」。

雖然不確定剛才那樣算不算親熱，但也很接近了。茉菜本來也只是想尋我開心而已，沒想到卻歪打正著。

「……」

茉菜交替觀察我跟伏見。

「……咦，難道在這光天化日之下。」

「不、不是啦，茉菜！我剛才，只是在，那個……因為眼睛進了灰塵想請小諒幫我吹掉而已。」

這是八〇年代的藉口吧!?

「是這樣嗎？」

喔，我妹竟然信了。

「嗯，就是這麼回事。」

「姬奈姊姊，既然那樣妳可以找我嘛，我這裡有鏡子借妳用。」

聽了那種爛藉口，竟然還可以滿不在乎地認真提出解決方案？

「妳、妳的話很有道理！」

就算是正在學演戲的伏見，遇到這種情況也不得不用僵硬死板的口氣回答了。

「這個地方，如果讓鳥姊姊知道的話——啊……」

「找到他們兩個了嗎？」

鳥越有點上氣不接下氣，還流了滿頭大汗。

「……鳥姊姊也真是的，太拚命了吧。」

「有、有什麼關係嘛。」

「妳很擔心嗎？是不是另一種層面的擔心呀？」

「我最討厭鬼靈精的小孩了。」

「人家才不是。」

討厭——茉菜用手指戳了鳥越一下。

察覺到我們在這裡的鳥越，露出了對我們仔細觀察的緊盯眼神。

「……」

「鳥越同學，那邊已經準備好了嗎？」

對努力擺出開朗態度攀談的伏見，鳥越這麼回應道。

「嗯，好像已經可以開烤了。」

走吧走吧——彷彿在催促鳥越般，伏見率先邁開大步。

「葛格，你們真的是在做色色的事嗎？」

「最好是啦。」

「因為剛才太慌張了，葛格的石門水庫忘了關耶？」

「我根本就沒打開過，何來忘記關的問題。」

石門水庫連看也不必看。因為從抵達這裡之後，我連廁所都還沒去過。

「真是的，葛格不上當無聊死了。」

「妳那點三腳貓的把戲，我從很久以前就摸透啦。」

人家想捉弄葛格啦——我家那位妹妹大人開始鬧起脾氣。

「你們是不是，差點接吻了？」

「……我最討厭鬼靈精的小孩。」

「所以是未遂囉。嗯呼呼，老實說葛格的初吻對象，是我！」

茉菜好像很開心地比出勝利手勢。

「真的假的？」

「趁你睡著的時候，人家偷親過，啾♡，嗯呼呼。」

「……那是什麼時候的事？」

不對，親妹妹不算。更何況那一定是小時候，而且我又在睡覺。

「鳥姊姊她，剛才好像變得非常不安喔。烤肉烤到一半有一對男女消失了，簡直就像在昭告天下他們去辦事了嘛。」

也是因為鳥越給我的印象向來不是如此，我完全沒辦法想像她會急到像剛才那樣滿頭大汗、氣喘如牛。

回去以後，烤肉架上已經放好了肉跟蔬菜，正在炭火的炙烤下滋滋作響。

大夥興奮地聊著天，對烤肉特別講究的母親用鉗子把肉夾進盤中，分給大家享用。

這些肉好像頗高檔，應該是經久伯伯大手筆買來的吧。被炭火烹調過的高級肉，當然是美味無比。

不過唯獨在鄰近而坐的鳥越與伏見之間，充滿了滯重的空氣。

多少可以猜測到她們為何會變這樣的篠原，為了打圓場而對那兩人拋出話題。

茉菜見狀，也半嘆息地說道。

「真是的……都是因為葛格這個笨蛋……」

「喂，不要突然亂罵妳哥好嗎？」

沒過多久，女孩子們就早早發出已經吃飽的宣言，從保冷箱拿出當初採購時順便放進來的超商甜點，開始吃了起來。

妳們不是說吃飽了嗎？

那之後沒多久，我也表示再也吃不下了。

「那邊還有瀑布耶，大家一起去看看吧。」

在茉菜的慫恿下，三個女生都跟了過去。不過，我好像不包括在她所謂的「大家」之內。雖然我刻意等了一下，但她並沒有叫我跟去。

於是接下來，我只好在旁邊聽母親和經久伯伯聊鄰居的八卦。

由於雙方的住家走路只要不到五分鐘，因此一旦提起鄰居的姓名都很清楚是在說誰。

然而我還是聽膩了，只好自己走去瀑布那邊，結果發現有兩個女生正在水邊打鬧。

那是……篠原跟茉菜。

「她們在幹麼啊？」

「相撲。」伏見這麼答道。

「相撲……？」

啊啊，原來是相撲啊。

呼嗯……

不對……為什麼要玩這個？？？

「呼呀啊!?」

茉菜發出彷彿青蛙被壓扁的慘叫聲，被對方扔進了瀑布下方的深水區。

不過，這裡的水本來就不深，茉菜立刻探出頭。

「篠姊姊，妳好厲害啊。」

「小美，戴眼鏡的角色在這種場合被修理才是王道吧，妳得落水才行。應該說，妳得把眼鏡搞丟在水裡。」

「我才不要哩，那算什麼王道啊。」

仔細一瞧，原來伏見跟鳥越也渾身溼透了。那應該是像茉菜剛才一樣被扔進水裡所造成的吧。

「那麼，接下來輪姬奈姊姊對決鳥姊姊了。」

原本和睦的氣氛，瞬間像是觸電般發出劈里劈里的火花。

「鳥越同學，我可不會輕易認輸。」

「嗯，那很好。因為我也不打算輸。」

那兩人不約而同展開行動，雙雙糾纏成一團。雖然感覺好像是動也不動，但其實可以明顯看出那兩人都使出了吃奶的力氣。

一開始還在旁邊加油叫好的茉菜，逐漸感到無聊後緩緩走近那兩人。

「妳們比太久了。」

砰——茉菜同時將那兩人撞飛到瀑布下的深水區。

「咿呀!?」

「哇哇！」

啪喳——那兩人平安落水。

啪啪——當茉菜拍了拍自己的手時，篠原冷不防從後面又給她一撞，讓她也掉進瀑布下方。

妳們這樣玩，不覺得水冷嗎？

「怎麼這樣啦——！」

「篠原同學，像這種時候，妳也稍微下水才會更開心喔？」

「我不要。我討厭弄溼。」

篠原，妳這傢伙真會破壞氣氛耶。

「該怎麼辦，全身都溼透了。」

當初根本沒想到要帶替換用的衣服來吧，真是的——

我也到下面去看看大家的情況。

唉，妳們幾個，都還是小朋友嗎。

「一定很快就會乾了，因為今天天氣很好。」

「真是那樣就好了。」

伏見跟鳥越，都露出了莫名痛快的表情。

「……」

我先是跟伏見的眼神相交，接著又跟鳥越對看了一眼。那兩人並沒有因為外衣變透明浮出底下的內衣褲而感到羞恥，只見她們又轉頭彼此對望，最後才把視線集中到我這邊。

那種表情就像是企圖惡作劇的孩子一樣……

兩人同時動了起來，分別揪住我的左右臂拔腿衝出去。

難不成──

「喂，等一下──先等一下啊⁉」

「「下去吧。」」

那兩人從我背後冷不防用力一撞，無計可施的我只得摔入瀑布下方。

「噗哈⁉哇，水好冰⁉」

茉菜看到我的模樣咯咯地笑了起來。

本來以為至少篠原會擔心我，結果她也發出噗嗤一笑。

「妳們這些人……」

「所有人都弄溼就不會被罵了吧，我猜。」

感覺好像很開心的伏見跟鳥越笑道。

「既然是所有人。」

她們的視線轉而集中到篠原身上。

「──住、住手！妳、妳們知道這種行為叫什麼嗎!?這叫霸凌啊！」

「小美不必擔心啦。只要掉進那裡面，妳體內的神祕力量就會覺醒了。」

「這是什麼亂七八糟的設定啊！」

儘管篠原百般不願地猛搖頭，但還是無法抗衡三個人的力量，最後被扔到了我旁邊的水中。

確認眼鏡平安無事後，篠原才跟我爬上岸。

由於根本沒有準備浴巾，毫無任何擦乾手段的我們，只得全體在地上躺成「大」字型晒太陽。

「為什麼我會遇到這種事啊。」

「都是因為令妹說要玩什麼相撲啊。」

「感覺，大家剛才好像突然著魔了呢。」

「哎呀，人家哪知道事情會變成這樣嘛──」

搞不好，這是茉菜幫大家設想的獨特舒壓方式也說不定。畢竟，剛才烤肉的氣氛變得有點尷尬。

「雖然溼答答的，但，我很開心喔。」

「「嗯。」」

盡收眼底的天空是一片蔚藍。

初夏的日照比想像中更熱情，我們的衣服應該很快就會晾乾了吧。

儘管陽光很暖和，但現在畢竟還只是五月初。

就像試圖讓我們體認到這點般，太陽很快便西沉了，由於這裡是深山，氣溫也下滑得相當迅速。

請茉菜料理為了預防萬一而多買的炒麵並搭配剩餘食材，這就充當大家的晚餐了。

那之後，按照鳥越的要求，大家玩起了煙火。

母親先用打火機點燃煙火裡附贈的蠟燭。

「我要排第一個～」茉菜大聲叫道，並把手裡的煙火靠到蠟燭邊。

煙火的前端瞬間迸發出光芒，照亮了已經變得昏暗的四周。

「好美——」

茉菜天真無邪地喃喃道出內心感想，而在她後頭的鳥越也接著點燃了手中的煙火。

「雖然這只是在五金行買的便宜貨啦。」

「小靜，別說這種殺風景的話好嗎？」

篠原無奈的臉龐被煙火照亮了。

「可是，我說的是實話啊。」

「沒錯沒錯，因為，在那邊買比較划算嘛。」

這時，伏見為兩人打圓場。

「葛格，我的火借你點。」

「謝啦。」

煙霧和火藥的氣味，就像是往昔某個夏天我曾聞過的味道。

我的煙火被茉菜點燃後，開始噴出黃綠色的光芒。

光是靜靜欣賞它，就有一種真是久違的感慨而且怎麼看也看不膩。

把各種常見的煙火都玩遍了，最後大家才拿起線香花火（註 2）。

煙火前端的橙色球狀光芒，發出嘰嘰嘰的聲響，一邊灑下微小的火花。

「小諒，我們來比賽。」

「好啊。」

我跟蹲在身邊的伏見一起凝望著手裡的線香花火。

註 2　日本一種長條狀的手持煙火，跟仙女棒的材質、原理並不同。

© Fly

「為什麼線香花火總是要留在最後啊。」

「大概是讓人感傷的緣故吧？」

「嗯，我可以理解妳想說什麼。」

「我覺得，線香花火可以讓人做好遊玩即將結束的心理準備。因為這種煙火既不能拿著到處亂跑，也不能在半空中亂揮呀。」

「這是一種很成熟的煙火啊。」

「這段時間，想必是留給人們反芻餘韻用的。」

我的這根線香花火，火球越變越小了。

「嘿！」

伏見叫了一聲，把兩人的煙火前端靠在一起。

「不是要比賽嗎？」

「我認輸沒關係。」

在我身邊不願把線香花火分開的伏見，這時發出欸嘿嘿的笑聲。

「我們靠得好緊唷。」

「不是我們靠在一起，是煙火靠在一起。」

「別那麼吹毛求疵嘛。」

茉菜這時突然吵著要拍照什麼的，結果鳥越跟篠原也受她影響，紛紛熱衷於對線香花火拍攝。

一陣風吹拂而過，啪——兩根貼在一塊的線香花火應聲熄滅。

大概是已經習慣煙火的光亮了吧，現在頓時沒了光源，感覺周遭格外黑暗。

我抓著紙撚的手被輕輕握住。

我轉頭過去本來是想要問對方怎麼了，結果伏見的脣貼上了我的脣。

為了要搞懂現在所發生的事，我得花費一點時間。

對陷入愕然，整個人都呆掉的我，伏見以羞怯的語調喃喃說道。

「……親到了。」

因為太暗了我看不清楚她的表情。

在我還沒來得及開口說話以前，伏見就猛然站起來，轉身朝茉菜她們的所在之處走去。

「我也要拍煙火——」

「姬奈姊姊，妳看這個！我拍得很漂亮吧——!?不覺得超棒的嗎——!?」

女孩子們嬉鬧的聲響感覺離我好遙遠。

是不小心撞到嗎？只是巧合……？

「但，她說『親到了』……」

我再度摸了一下自己的嘴脣。

回憶起在烤肉前未能做完的那件事。

「……」

要不是被茉菜找到，應該早就親下去了吧。

以伏見的立場，當時她已經做好了接吻的覺悟，應該沒錯吧？

那時現場雖然只有我們兩個人，但茉菜她們也在不遠的地方。

要是被其他人看見了她打算怎麼辦。

「……那傢伙，還真是意外大膽啊……」

正舉著手機按快門的伏見以及其他三人，發出了亢奮的尖叫聲，盡情享受著煙火之樂。

「……」

伏見那張貼得極近的臉龐，以及嘴脣的觸感在我腦海久久無法散去。

「感覺晚上會夢到這個。」

或者該說那只是一場夢吧，這樣還比較有說服力。

我把線香花火燃盡後剩下的紙撚，扔進事先裝了水的桶子裡。

許多根煙火燒完的廢棄部分從桶中伸了出來，那看起來就像是一團醜陋的海葵。

⑨咫尺天涯

我跟鳥越、篠原，來到了市民會館的主表演廳。

這裡的觀眾席，究竟可以坐多少人啊。

看樣子差不多可達四百人吧？

門票上所註明的座位編號，約莫是在表演廳的中央。

「沒想到這裡這麼大啊。」

坐在我身旁的鳥越，就如同我的反應一樣，一邊環顧周圍的觀眾席一邊這麼說道。

「這座市民表演廳，最多可容納四百五十位觀眾，好像是這附近一帶最大的表演場地喔。」

座位中間隔著鳥越的篠原，盯著手中的簡介這麼說道。

什麼嘛，裝得一副很懂的樣子，只不過是現學現賣。

「這是我第一次看舞臺劇，心裡有點期待呢。」

「我也是。」

當初伏見所言的市民劇團公演，我們終究還是來觀賞了。

她特地幫我們弄來門票。由於已經是免費欣賞了，我們也不好抱怨什麼。

高中生的票價是一千五百元，如果是以看一場電影的標準計算其實價格並不貴。

雖然我買得起，但既然有免費入場的機會還是乖乖接受對方的招待吧。

「如果不是有這種機會，可能根本不會想來看吧。」

「……不知為何，連我也開始緊張起來了。」

觀眾來得滿踴躍的，在開演前的廿分鐘已經有八成滿座。

『我也會登臺，所以，希望你來看！』

伏見就是像這樣，不太好意思地將門票遞到我手中。

……老實說，我本來以為會是更上不了檯面的表演。

由於我以前從來不知道有這樣的市民劇團，所以一開始還想像成是那種躲在某個里民活動中心演免費話劇的簡陋戲班子。

「看樣子，應該不是騙小孩的把戲吧。」

「製作人好像也是在業界非常有名的人物喔。」

鳥越這麼喃喃說道。

製作人似乎是位小有名氣的人物，簡介上有他的照片以及曾經手過的舞臺劇列表。這一次的這齣戲，是由他擔任劇本和執行製作。

對於舞臺劇，我的認知只停留在羅密歐與茱麗葉，幾乎就是個外行人，因此就算看了這齣戲的標題也一點概念都沒有。

當我週末在家休息打混的同時，伏見卻為了登上這樣的舞臺而不斷努力練習嗎……

「啊，這位製作人叔叔，好像是本地人耶。」

篠原剛才好像先用手機查過他的姓名了，還把那個人的各項資料告訴我們。

「伏見同學她，會不會因為這次的演出而搖身變為大明星呢。」

「天底下哪有那麼簡單的事。」

儘管我這麼說，但伏見的主角光環本來就很強。所謂「天賦異稟」或許指的就是她這種人吧。

「如果是伏見同學，我認為並不是不可能。」

鳥越用頗有把握的口氣說道。

伏見的未來出路以及視野都是一片坦途。十個路人當中有十個都會回頭的美少女，一旦說想要演戲，實際上就會是這樣的情況。

「伏見她的人生，或許就是遊戲裡的簡單模式吧。」

「該怎麼說呢，不過，應該比我輕鬆就是了。」

「你們兩個，不要在那邊自怨自艾好嗎？」

才沒那回事呢——我正想駁斥，舞臺的照明緩緩暗了下來，布幕也向上升起。

由於是時裝劇，並沒有什麼特別複雜的背景設定。擔任主角的女性以及應該是演她丈夫的男子正在慌張地對話。

我殺人了——女主角跟丈夫商量。因為有不得已的苦衷，丈夫必須幫助妻子掩蓋犯罪——戲的開場大概就是在說這些。

這就叫做社會派懸疑推理嗎？總之並不是什麼光明的劇情。

故事發展下去，才逐漸明白被殺的人是夫妻的女兒。

在回想的場面中，擔任女兒角色的伏見登場。當然她並不是演屍體。

一襲看似中學生的水手服和百褶裙，穿在她身上簡直是再合適不過了。

她使用平常我無緣耳聞的高雅、通透說話聲，在舞臺上發揮演技。

變得陌生的青梅竹馬。

她看起來是這麼明豔照人，而且那並不完全是聚光燈與化妝的緣故。

劇情繼續推進，在偶爾穿插的回憶場面中，生前的女兒也就是伏見會登場，為觀眾一一揭曉謎底——這齣戲的架構大致就是如此，能把觀賞者的注意力逐漸吸引過去。

……或許該這麼說吧，伏見所扮演的角色，根本不是什麼跑龍套，而是相當重要的人物不是嗎。

到了故事的尾聲，女主角殺害女兒的動機揭曉了，並與開頭的場景首尾貫串。這就是本劇的最後一幕。

儘管沒有什麼驚天爆點，也不是什麼大逆轉的戲碼，但殺人這項舉動獲得合理的解釋後，反而讓觀眾有點恐懼感被釋放的輕鬆感覺。

布幕伴隨著掌聲落下，謝幕時，伏見包含在所有演員當中出來對大家鞠躬。掌聲這時變得更熱烈了，演員們行禮完畢後才陸續退回後臺。照明再度開啟，表演廳內也變得比較明亮了。

「……」

「……」

那兩個女生，彷彿魂不守舍般沉浸在劇情的餘韻中。

「真有意思。」

我這麼說道，那兩人紛紛「嗯嗯」地點頭如搗蒜。

「才學了半年而已吧，伏見同學。」

「應該是喔。」

雖然我不懂她這樣算演技好還是不好，但至少沒對故事的進行造成妨礙，應該就算是相當不錯了吧。

「這簡直是一鳴驚人嘛。雖然她曾對我說過，自己只是剛好被選中擔任這個角色罷了。」

任何人都得腳踏實地慢慢爬的階梯，伏見卻像是背上長了翅膀一樣瞬間飛越。

我寧願相信，這是她付出了旁人無從知曉的大量努力之故。

這應該也不是她第一次踏上舞臺吧，如果真是處女秀，她給我門票的時候就會提及了。

走出表演廳後，伏見傳了訊息過來。

『這棟建築裡有類似咖啡廳的地方，請在那邊等我一下。』

我把這件事轉告那兩人，於是我們依言來到市民會館附設的咖啡廳等待伏見，她沒多久就出現了。

「還、還可以吧——？」

「伏見同學，妳演得太棒了，真了不起。」

鳥越發表像是小學生一樣的單純感想，篠原也在一旁附和。

「故事本身也很有趣喔。」

「那真是太好了。」

這時，伏見對一言不發的我快速瞥了一眼。

坐在我左右兩邊的鳥越跟篠原分別以手肘頂了頂我。

「啊……呃，這是我完全不熟悉的伏見，簡直帥呆了。」

「呼呼，雖然我演的角色被殺掉了啦。」

我們三人興致勃勃地詢問細節，伏見則以略帶亢奮的口吻回答。

在那之後，經過中間的午休，劇團就要準備下午的公演了。

「今天謝謝你們特地過來，那，下次還要再來看唷。」

伏見笑著對我們揮手，然後就轉身離去了。

真了不起啊——那傢伙，竟然可以在一堆成年人當中大方展現演技。

我現在也開始覺得，伏見要成為大明星並不是空談了。

像這樣的女生，之前竟然跟我接吻……

「感覺好像活在另一個世界的人喔，跟我們相比。」

鳥越也喃喃咕噥著。

是啊，我不得不同意鳥越的看法。

然而，有股難以言喻的鬱悶情緒充斥在我心中，正如鳥越過去對我說的那樣。

那個在小時候，總是跟我一起玩的青梅竹馬，很快就要變成我不認識的女孩了。

10 餘溫

當天夜裡，伏見撥了通電話給我。

那時我正在房間裡懶洋洋地鬼混著。

她的演出在業界似乎也獲得好評，還被老師誇獎了，這讓她非常開心。

所謂的老師，就是指那位製作人叔叔。

『工藤老師他啊，也是卯足了全勁喔——他說他想製作的戲無法在東京獲得認可，所以才跑來我們這種鄉下地方偷偷進行。』

所以說，這才是地方市民劇團的舞臺劇，可以請到知名製作人傾力相助的理由吧。

一旦有大企業提供贊助，創作者就不能自由做自己想做的東西了，伏見對我說了這些不足為外人道的業界黑幕。

『小諒，我現在可以去找你嗎？』

「可以是可以。」

我看了一眼時鐘，現在都晚上十點了。

「我是沒差啦，但伏見家有門禁吧，真的沒問題嗎？」

以前經久伯伯曾提醒過我，不要跟伏見在外面玩太晚了。

『嗯，我可以偷偷溜出去，不要緊的。』

今天在舞臺劇那邊並沒有見到經久伯伯，或許他是以家屬的身分，坐在特別的區域吧。

我只帶著手機跟錢包走下玄關。

「葛格，你要去哪？」

剛洗好澡且是素顏的茉菜露出一副很不可思議的表情。

葛格覺得妳就算不化妝也已經夠漂亮了啊。

「嗯——稍微出去一下。」

「稍微出去是要去哪裡？」

「我出門有什麼關係嘛，別管那麼多。」

「啊啊，是要去找姬奈姊姊吧。」

妳猜呢？我不置可否地隨口答了一句就走出家門。不過為什麼會被茉菜看出來啊。

在前往伏見家的半路上，我與伏見不期而遇。

既然都被妹妹親眼目擊出門了，現在再帶伏見回家也很尷尬，於是我們決定去公園。

「真對不起，都這麼晚了。」

「才十點而已，也不算太晚啦。」

以伏見的生活作息而言，這個時段應該已經算相當遲了吧。

「不知道為什麼，一想到舞臺劇的事我就完全睡不著。」

所以這傢伙平常都是在這個時間就寢的嗎？

我們抵達這座只有蹺蹺板、鞦韆，以及兩張長椅的公園。

小時候看起來像龐然大物的遊樂器材，如今卻顯得那麼迷你小巧。

「入夜後，外頭感覺還是有點冷呢。」

我們坐在長椅上，伏見稍稍縮短兩人之間的距離。

包括下下週就即將展開的期中考，以及鳥越、篠原的事，兩人之間的共通話題並不少。不過，我們也不是所有事都能心意相通。

有個話題我一直故意繞開不去碰觸，然而就伏見剛剛的開場白，我有預感她接下來想聊的就是那個。

「雖然我還只是個非常淺薄的初學者，但這次的舞臺劇使我再度感受到表演是多麼有趣的事。」

「是嗎？」

呼嗯，咦，是喔——我能回覆的詞彙就只有這三種而已。

「啊——烤肉跟放煙火，實在是太有意思了。我們明年再辦一次吧。」

彷彿在回憶已經過去很久的事一樣，伏見仰望夜空這麼說道。

對我剛才那些沉悶的反應，她似乎已經察覺到什麼了吧。

「……真抱歉啊，妳說那些我都插不上話。」

「哪兒的話，你光是能聽我說我就很高興了。」

那些參加同一個社團的人，最後通常會變好朋友，這個道理再清楚不過了。

「小諒玩得開心嗎？我說烤肉。」

「還不錯。」

至於放煙火那時的事，最好還是不要觸及。

現在回想起來，伏見當天應該是一直在找機會吧。

「你怎麼了？」

「啊啊，不，沒事。」

不知不覺當中，我又緊盯伏見的嘴脣不放了。

「是嗎？」

伏見的樣子倒是一如往常。

搞不好她也會因為意識到當晚的事而害羞起來——然而她絲毫沒有那種反應。

「啊，其實有一點要先講清楚，我自己也不是很習慣做那種事。」

「哪種事？」

「接、接吻……」

「接吻？」

「是、是呀……當想要接吻的時候，應該怎麼做才對——託了事先模擬的福，我才能順利完成。」

接吻還可以事先模擬喔。

「那天剛好是情境L的狀況。」

「妳到底是怎麼模擬的啊。」

「鳥越同學她們，應該沒有發現吧……？」

「希望是那樣。」

也有可能是知道了卻故意默不作聲。

畢竟就算看到了也不可能特地向當事人報告吧。

「……小諒可不可以，主動親我一次？」

「咦？」

「——對、對不起，當我沒說。」

伏見把頭撇開，低聲向我致歉。

「為了獎勵我今天表演那麼努力，給我一次……應該說一個吻……」

「我說啊，這種事，應該要等正式交往以後才能做吧……放煙火時的那次，妳這傢伙，根本是偷跑吧？」

「那你就跟我交往呀。」

「這種事可以這麼隨便嗎？」

「咦？不過所謂的偷跑，就代表遲早有一天是可以正式起跑的吧……？」

伏見的頭頓時轉到我這個方向，兩眼閃閃發亮。

「不要斷章取義、挑我語病好嗎……其實，我對這種事，也不是十分瞭解。」

「你不是已經跟篠原同學交往過了嗎——現在還裝清純。」

伏見很不滿地半翻著白眼。

「那個……根本就不是因為喜歡而在一起的啊……」

「既然不喜歡她，她跟你告白你可以拒絕呀——？你這不是自相矛盾了嗎？」

可惡，伏見的邏輯完全正確，害我根本無從反駁，我當初的確應該那麼做。

不過，有女生向我表白讓我很開心也是事實。

呵呵——伏見的表情頓時又轉怒為喜。

「抱歉，我剛才太過分了。」

「我說妳啊……」

「只是想稍微修理你一下而已，畢竟我可是從頭到尾全〜都拒絕耶。」

現在回想起來，就不得不為伏見冠上鋼鐵意志的稱號。

各路人馬的學長學弟或同班同學，另外還有其他學校的學生，甚至偶爾還有同為女性的那一大堆告白者，全都被伏見打了回票。

「妳的事跟我沒關係吧，那全憑伏見自己的判斷。」

「嗯，沒錯。因為我有單相思的對象存在，我當然只能對其他人說Ｎｏ。」

伏見的雙腿在長椅底下晃啊晃，眼神彷彿想看穿我一樣對我問道。

「……難道我，還是，在單戀嗎？」

她的臉靠得好近，我很自然地感覺到自己的臉頰正在發燙。

為了恢復原本的距離，我只好後仰上半身。

「先、先等一下，為什麼妳今天那麼積極主動啊。」

「因為這裡是沒有旁人的公園呀。」

這算什麼理由。

「因為，今天讓你見識到我了不起的長處，還有在舞臺上的帥氣表現，所以我覺得這樣做一定能贏得芳心。」

「贏得什麼芳心啊，我又不是少女漫畫的女主角。」

伏見開始高聲大笑起來。

小諒，你真會吐槽——她還如此誇獎我。

真是謝謝啦，多管閒事。

不知不覺當中，聊到了日期要變成第二天的時間。

差不多該打道回府了，於是我送伏見回家。

身旁的伏見，用指尖戳了戳我的手。

「？」

「……」

只見她一直看著我，我本來還不明白她究竟想說什麼，結果她突然牽起了我的手。

剛才那種輕戳，似乎只是某種牽手的預備動作。

「如果你不喜歡的話可以放開。不過，要是你不介意，就保持這樣吧。」

她要求我自行判斷。既然是這種選項，除了我不喜歡以外，其他情況都得繼續牽她的手吧。

太狡猾了啊，這傢伙。

「我呀，只要小諒還在這裡，是絕對不會去其他地方的。請你好好抓牢我。」

直到伏見家的玄關前，兩人才自然而然把手放掉。

「伏見以後還會繼續演戲或登上舞臺吧，搞不好未來會變成全國知名的明星喔？」

「就算我真有那麼成功，我也會回到小諒身邊的，我保證。」

她似乎還遲疑著不肯進家門，我不解地歪著頭。

「那個……我一定會乖乖回到你身邊，請你也要好好喜歡我唷？」

拋下這番話，她才逃也似地衝進屋門。

◆鳥越靜香◆

或許對男女朋友而言，做那種事一點也不算特別吧。

在烤肉完、放煙火的那個時候，我在一片昏暗當中，親眼目睹伏見同學跟高森同學親吻的場面。

起初我還以為他們是要咬耳朵，結果雙方的距離根本歸零了。

伏見同學很喜歡高森同學。

至於以高森同學的立場，伏見同學是青梅竹馬，又是位美少女，跟其他女生相較應該也是獨特且與眾不同的存在吧。

因此，他們做那種事並沒有什麼好大驚小怪的。

『那個特別的人，對你來說不會負擔太重嗎？』

我躺在床上，對著手機打出這段話。

畢竟，伏見同學並不是什麼「普通女孩」。她是不論男女都極為注目的對象，在學校人人私底下都在討論關於她的謠言。

——她跟高森同學真的沒有在交往嗎？

——她今天也好可愛啊。

——她好像又被別人告白了。

校園明星的一舉手一投足，都是萬眾矚目的焦點。

一旦真的交往了，就連高森同學也會變成大家監視的對象，這是絕對不會錯的。

戀愛的八卦，對那些口不擇言的女生來說是最好的談資了。

『高森同學，你想跟太過特別的她談場「普通的戀愛」，是不是不切實際呢？』

我把輸入的文字全部刪掉。

啊啊，我又嫉妒朋友了。感覺好累，好難受。

『你們不如早點交往好了。』

那樣一定會很辛苦吧。

「……」

然而高森同學的遲鈍是地獄級的，搞不好根本對周遭的反應視而不見。

只是，一旦這種狀況持續久了，他也會在各方面感到困擾吧，一定的。

結果，我到最後還是變成了這種，在背地裡詛咒心上人跟朋友不幸的傢伙。

伏見同學是個既單純又心地善良的女孩，所以我才更加感到良心不安。

倘若她是個表裡不一的女性公敵，我就可以大膽詛咒她的不幸了。

「刪掉吧。」

我又把輸入的文字一個個消去。

把心裡的想法打成文字後讀過一遍，心情會稍微輕鬆些。

把文字保留下來好像也沒關係，不過這麼一來，之後要是回去重讀一遍就會有種討厭的感覺湧上來，果然還是打完就刪對心理衛生比較好。

『我也想嘗試接吻。』

接吻是什麼樣的感覺呢。

他們究竟吻過幾次了？那兩人，想必已經親過無數次了吧。

「……」

我不自覺，用食指摸起了自己的嘴唇。

然後對放在枕邊的布偶輕輕吻了一下。

絲毫沒有心裡小鹿亂撞的感覺，至於嘴唇感受到的觸感，也僅是布偶的質地。正如預期，這麼做一點也不觸動心弦。

「也不必挑在那種場合吧……」

是天然呆，還是一時衝動失控，究竟是何者造成的。

老實說，我一直認為高森同學挑伏見同學這種人當女朋友負擔恐怕太重了。

『你說實話，你一點也不想去看她上舞臺表演對吧？』

不知為何，我總有這種感覺。

高森同學，會不會是在勉強自己呢，他一點也不像是打心底為伏見同學感到開心的樣子。

那齣戲本身當然是很有意思。

正如看戲前小美所說的，我可能是在嫉妒伏見同學吧。

伏見同學讓人羨慕之處，就是她實現了自己想做的事，不論做什麼都可以如她所願。

唯一一個沒按照她想法的人，頂多就只有高森同學了。

當我們查出她在上演藝學校時，高森同學露出了極為複雜的表情。我當時的心情也是有點鬱悶，所以多少能體會他的感受。

我還不確定自己將來要走哪個方向，更不知道自己究竟從事哪一行比較好。

如果有人對我說，妳一片空白的校園生活可以任意畫上自己想要的圖案，我反而會陷入困惑。

視野內就好比只有大海跟天空，其他什麼也沒有，如果有人要我找個目標邁進，我只會覺得無所適從。

學校裡的大家，不都是在照著教科書的要求扮演充滿希望的高中生嗎？

有夢想的人，為了目標努力前進的人——這樣的學生在高中裡畢竟還是極少數吧。

『如果是我，一定可以對高森同學的心情感同身受。』

啊啊，會像我這樣自言自語的女生實在是太丟臉了。

就好像少女漫畫會出現的跟蹤狂一樣，是個只能躲在陰暗面的女子。

剛才那段文字看了就覺得丟臉，於是我立刻刪掉。

不過，這種丟臉的文章搞不好才是我的真心話。

聽我說，高森同學，伏見同學她對我們而言太耀眼了。

太陽是無法直視的。

『跟太陽還是保持安全的距離比較妥當。』

然而那兩人的距離感卻無限接近零。照那個樣子看，他們之前應該親過很多次了，既然如此為何不乾脆快點交往呢。這麼一來，他們的關係才會在相處一段時間後出現破綻。我就算無法成為高森同學的第一個女人也無妨。

他沒估算好自己跟太陽的距離感，將來還得靠我去療癒他的傷痕和疲勞。

勝負並不是一個回合就能決定的，所以他們要親就親吧。

自己腦中裝的全是這些算計的心思，真是叫人厭惡。

不過，請原諒我這種行為。

畢竟我每天都得親眼目睹那兩人和樂融融的樣子。

我試著用力緊抱住懷中的布偶，但果然只有布料跟棉花的觸感而已，絲毫也不會讓人怦然心動。

11 志願調查表

到了接近期中考的時候，我在班上的職稱才逐漸被統一為班長大大。

其實我只是班長，不必加什麼大大，但不論我吐槽幾次這點都無法改善。大概是班長大大喊起來比較有暱稱的感覺吧。

「兩位班長，請把所有人的調查表都收回來，送到我辦公室那邊——」

導師小若輕輕揮了揮手，就走出教室了。

畢業後的志願調查表——被標上這個名義的一張紙，一大早就發給了所有同學。

據小若所言，「就算你的目標不是很明確也沒關係，最好趁現在好好思考一下。」她似乎是這麼說的。

「例如將來大學要念文學院還是理學院，要讀公立還是私立，自己將來想從事什麼職業，現在先決定一下比較好喔——？」

隔壁座位的伏見模仿小若的口吻說道。

還真像啊。

「伏見，妳打算怎麼填？」

「我嗎，首先是一定要升大學的。」

「不是要走那條路嗎？」

我再度確認道。

「那是那，這是這。跟上大學是可以並存的，並不衝突呀，這就是所謂的學業事業並重。」

呼嗯——我用鼻子哼了一聲。

以前曾約定好要讀同一所大學的承諾，伏見似乎並沒有放棄。

不過我完全不記得有這個約定就是了。

「不過，要是妳的表現一直很好……最後成為能登上連續劇或電影的演員，到時候妳會怎麼辦？」

我這麼問道，伏見稍微想了想，發出嘻嘻的笑聲說。

「當人氣到達顛峰時就宣布退出演藝圈，那時候應該差不多廿五歲吧。接著表明要返回故鄉跟圈外人結婚，從東京逃也似地躲回老家。」

看來，這好像就是伏見將來的展望。

「這樣太可惜了吧。」

「一點也不可惜。」

她似乎很愉快地這麼表示，隨後又掛起嫣然的微笑湊近我問。

「小諒將來想成為什麼樣的社會人呢？」

「這個問題，我自己也很想知道答案。我又不像伏見一樣，已經有遠大的志向了。」

我的這番話，夾雜著些許嘆息。看來我好像是在不知不覺當中抱怨起來。

結果，我的臉頰被伏見一把捏起。

「最近，你經常露出這種表情唷。」

「是嗎？」

「嗯。」

我把伏見捏住我臉頰的手揮開，開始準備上課。

「凡人也是有凡人的煩惱啊。」

「……天底下所有人都有煩惱吧？」

這麼說也沒錯——我隨口應了一句。

或許正如伏見所言吧，但我的這位青梅竹馬究竟有什麼煩惱，至少我是完全無法想像就是了。

「鳥越，那張志願的表，妳是怎麼寫的？」

午休時間。

我把茉菜幫我做的便當解決掉以後，對正在隨便滑手機的鳥越這麼問。

座位跟我有些距離的鳥越，嘴巴咀嚼了好一會後，才終於這麼答道。

「上公立大學。隨便哪間，以本地的為佳。」

「但妳的英文小考只有十幾分耶。」

「我不好的科目就只有英文而已。」

關於這點，我倒是滿江紅，已經不是哪科比較不好的問題了。

「不過，妳想想，小若不是也說了，填志願的時候要思考將來自己想從事什麼職業。」

「那是指想早點就業的同學吧。好比說有人要當美容師，有人要上遠洋漁船抓鮪魚。像那種人，就不會去讀大學，而是要去職業學校才行。」

有訓練漁夫的職業學校嗎……？

「其實，妳是因為前陣子看了漁夫捕鮪魚的特別節目才會這麼說的吧。」

「你有意見嗎？」

「老實說我也看了。」

我們交換了一些無關緊要的資訊。

「鳥越，妳上了公立大學以後，又有什麼打算？」

「不知道。等幾年後你再來問已經是大學生的我吧。」

「……好吧。」

其實我本身也沒頭緒。自己究竟想成為什麼樣的社會人，等幾年後再來問我吧。不過明年要做什麼我倒是很清楚。高三生，一整年都要用來準備考試。嗯，我完全可以想像，自己在周遭人影響下跟著稍微念點書的畫面。

不過，後年的景象就完全空白了，畢竟那還有兩年才會到來啊。

或許是出於好奇吧，鳥越也問我伏見的志願。

我把伏見的答案轉述給她，結果鳥越的反應也跟我類似。

這件事說到一半，我突然想起早上的對話。

伏見她表示，將來她要是變成超受歡迎的女明星什麼的，就要在顛峰時期急流勇退。

原來如此啊——當時我並沒有太在意，不過她接著又說要跟圈外人結婚，難不成指的就是我……？

「……所以，然後呢？伏見同學說等她變得很受歡迎以後，她要做什麼？」

「不，那個……妳、妳自己去問她本人好了。」

「怎麼了？臉突然紅起來。」

「沒事。」

我抓起已經空空如也的便當盒，逃也似地衝出物理教室。

伏見她，竟然已經想到那麼遠了？

「我們明明根本還沒交往耶……？」

「你一個人在這裡自言自語什麼。」

「嗚喔哇!?」

背後傳來的說話聲嚇得我跳了起來，回頭一看原來是小若老師。

「志願調查表，都收齊了嗎？」

「哈啊，還好，正在收了……」

「叫大家快點寫完啊——！想開花店還是蛋糕店什麼都好。」

這位老師，以為我們是小女孩嗎？

「啊，不過想當網紅之類的可不行喔。那種工作雖然也可以賺錢，不過，還是有點太那個了，假使填那種志願，等找家長來面談時一定會拖到我的工作時間。」

好的，唉——我心不在焉地這麼回答道，結果老師露出了頗為意外的表情。

「高森，你看起來腦袋不怎麼樣，結果還是會認真思考志願嘛——」

「老師是怎麼知道的？」

……等等，她剛才是不是又藉機批評我啊？

不過她的話沒錯，我的確很煩惱，所以我就不計較了。

「很簡單，考試的時候你明明是那種根本不猶豫，一下就寫了錯誤答案的學生，但遇到這件事，你的反應卻變得很慢。好吧，少年，你就多苦惱一陣子也無妨。」

小若拍了我的肩膀好幾下後才離去。

結果她都拐入走廊轉角了，卻又冷不防從牆後探出頭。

「老師給你的建議是，當公務員。如果對未來感到迷惘，首先就選這個。你本人是不是真心想做另當別論，但只要這麼寫，不管老師或你的父母都會感到安心，家長來面談的時候也會很順利的。」

填公務員最棒了會讓我這個老師很輕鬆喔——小若半開玩笑地說完，這回真的走掉了。

放學的路上，我試著對伏見這麼說。

「我想當公務員。」

「這很好呀。」

她的回答也很乾脆。

「小諒說實話吧，你究竟想當什麼？」

「妳怎麼知道我在撒謊？」

「對呀，這是為什麼呢？反正我就是知道吧。」

或許是識破我的謊言讓她很開心吧，她的臉上始終掛著微笑。

「老實說，我什麼也不想當。」

「哇啊啊啊……我好像窺見了現代社會的黑暗面。」

她露出大吃一驚的表情。

「小諒啊，你只要當自己就可以了。」

「妳在說什麼啊。」

我忍不住要笑出來。

不過，總覺得這番話別有深意。

或許她並沒有其他用意，但在我的主觀看來，這句話可是意味深長。

⑫ 我不懂什麼是「喜歡」 其1

「來複習功課吧。」

伏見固定要去上演藝課的星期六，一大早鳥越就跑來我家。

我慌忙把身上的睡衣換成平時外出的便服，趕到玄關門口，同時拚死驅使著尚未完全清醒的腦袋。

「那個……鳥越同學，妳知道現在才幾點鐘嗎？」

「也不早啦，平常這時候都出門上學了。」

「妳是不是忘了今天是週末啊。」

此刻才早上八點。如果是正常的週六，我至少還會再睡兩小時左右。

由於她昨天提議週六要開讀書會，我便同意了。但她說上午要過來，我還以為應該是指十點左右的時間呢。

「就算是八點，也是上午啊。」

「這麼說也沒錯啦。」

鳥越身穿普通女高中生會穿的便服，說了聲「打擾了」便進入屋內。
伏見的品味向來很怪，但鳥越的打扮果然就極其正常了啊……
「……做什麼，一直盯著我瞧。」
「啊啊，不，沒什麼……茉菜已經做了早飯，妳要一起吃嗎？」
「令妹真的像母親一樣呢。」
既然機會難得就承蒙招待了——我把這麼表示的鳥越領到飯廳。
「鳥姊姊，妳今天怎麼突然來了？」
茉菜的雙眼頓時變得閃亮起來。
「要開讀書會啊。妳也知道，高森同學的腦袋很差對吧？」
「喂，這麼說太直接了吧。」
竟然一大早就投這種剛猛的速球過來，害我完全清醒了。
「沒錯，所以葛格就麻煩妳了。我家的葛格，在很多方面都笨笨的。」
「妳也來這套嗎？」
今天的早餐菜色是日式的。包括高湯風味煎蛋捲、烤魚、白飯佐蘿蔔乾，以及味噌湯。
「啊，我等下還要出門！媽媽今天要傍晚才會回來，在那之前家裡只有你們兩個人喔。」

「這種事不必刻意強調吧。」

鳥越一邊以清脆的聲響嚼著蘿蔔乾一邊喃喃說道。

「就算我對葛格說了，他也什麼都聽不懂啊。」

「啊啊，的確。」

她們在討論什麼？

早餐吃完以後，我帶領鳥越去二樓我的房間。

這麼說來，除了伏見和茉菜之外，鳥越是第一個進我房間的人。

我應該把房間都收拾乾淨了吧……？

把坐墊跟矮桌搬到她面前，請她入座。

「伏見不在還有辦法念書嗎？」

這是我昨天跟鳥越商量時，內心最大的疑慮。

「放心吧，該怎麼做我都已經事先請教過她了。」

彷彿為了提出證據般，鳥越把手機的畫面秀給我看。

那上頭是伏見指示我跟鳥越分別要讀的科目及內容。

「靠。」

「首先的半小時是這個。」

這傢伙，也太嚴謹了吧。

我正準備在同一張桌子上開始用功時。

「你應該去自己的書桌那邊念，這樣比較能專心。」

這個人，真的是來專心念書的。

伏見剛好相反，如果我在自己的書桌念她就會很生氣。

鳥越把伏見的指示轉達給我，我便依照她的計畫做起題庫。

「「……」」

若是這樣的狀態，就算不來我家也可以進行吧？

我偷偷瞥了鳥越一眼，她也跟我一樣在寫題庫。

喀哩喀哩——房間裡只有微弱的自動筆書寫聲響著。

「……伏見同學她，經常來這個房間嗎？」

「咦？啊啊，嗯，偶爾啦。」

喀哩喀哩喀哩，帕嘰。

「呼嗯……」

「幹麼啦。」

「你們還不交往的理由，是什麼？」

「咦？」

「抱歉，當我沒說。」

我是為了確認自己沒聽錯才反問她，她剛才是問我們還沒交往的理由嗎？

既然是我跟伏見之間的事，我總不可能回答不知道吧。

從鳥越這種旁人的眼光看來，比起我們不交往的理由，我們應該交往的理由想必是不勝枚舉。

至於還不交往的理由……還不交往的理由……還不交往的理由嘛……

我依然不懂「喜歡」是怎麼一回事，這應該是最關鍵的理由吧。

都已經高二了，竟然還如此懵懵懂懂，但這就是實情我也沒辦法。

當我在思索這些事的時候，好像不知不覺過了卅分鐘，鳥越設定好的計時器響了。

「休息時間。」

為了解釋清楚，我再度將身體轉向鳥越。

「……喂。」

「什麼？」

「鳥越，妳以前說過喜歡我對吧。」

「…………唔，嗯……幹、幹麼突然提這個。」

她垂下頭，視線偷偷往這邊瞟過來。

喔？她竟然害羞了。

「所謂喜歡，是一種什麼樣的感覺呢？」

「咦？」

「妳看，在漫畫裡不是會使用『Kyun』的狀聲詞嗎？」（註3）

如果在現實世界，也會發出這樣的聲音，就可以確定這個人是處於喜歡的狀態了。只可惜這種音效八成是不會出現的。

其他像是「ShikoShiko」這種狀聲詞在現實也不會出現。至於為什麼可以如此斷定，那是因為根據我的經驗根本不會發出這種聲音。（註4）

「……這種事，別問我好嗎……」

「或許問篠原她會明白吧。」

「小美她，當初為什麼會喜歡高森同學呢？」

「鳥越同學，妳問這個問題不是跟我剛才問妳的一樣嗎？」

「……」

真不可思議啊。

鳥越看起來不像是對戀愛感興趣的類型，但明明如此，她還是能實際感受到自己

註3　日文狀聲詞「Kyun」是怦然心動的擬音。

註4　日文狀聲詞「ShikoShiko」是自慰的擬音。

對我的好感，並進而對我告白。

「那就像是一種未知的動力吧？」

真要說起來，喜歡就是一種強大的原動力，足以讓原本嫻靜的鳥越主動追求。

「你是指？」

「『喜歡』這種情緒，是帶有能量的。」

「可以不要說這種，好像腦袋差勁的女生受漫畫洗腦的尷尬臺詞嗎？」

「今天鳥越的速球，還真是犀利啊。」

鳥越解除正襟危坐，從彩色膠合板書架取出某本漫畫。

「這部漫畫……還有這一部也是……」

「怎麼了？」

「這些都是伏見同學看過的漫畫，難不成？」

「妳指的，大概是我借她的那些吧。我沒聽說她還有在看其他作品。」

「……」

鳥越一語不發，只是凝視著自己手上的漫畫。

「我……我推薦的小說，如果借給你，你有興趣看嗎？」

以前她曾拿給我一冊薄薄的文庫本推薦我看，但老實說我看了也似懂非懂。

「小說？啊——只要不是那個B什麼L的我就沒意見，儘管拿來吧。」

鳥越聽了發出靦腆的笑聲。

「不必擔心，我對缺乏那種素養的人是不會隨便推薦的。」

「那、那就好。」

「下次我拿給你，要好好讀喔。」

「啊啊，嗯。」

喜歡小說的鳥越會如此推薦的作品，引發了我的興趣。

鳥越也好像一副很開心的樣子。

「我原本以為，你是那種對小說沒興趣的人。」

「我只是比較常看漫畫罷了。」

你喜歡哪種題材的漫畫？是喜劇還是悲劇？她為了打聽出我的喜好而追根究柢地問著。

「……你也借我什麼書吧。」

「我這裡只有少年漫畫喔，如果妳想看那個的話。」

我站起身，走到塞滿漫畫的彩色膠合板書架前搜尋。我一邊說明這些作品是什麼樣的題材，一邊列舉推薦名單。

「這本是——？」

鳥越不經意打開一本擱在當中的漫畫。

「啊，那是──」

糟了。

那本是我刻意把封面換掉，但內頁就是一般的A漫。

「……唔。」

「──笨……笨、笨蛋……」

鳥越慌忙闔上書，像是要擺脫給我一樣硬塞過來。

「抱、抱歉……那個……真對不起……」

我原本以為她對那個應該有抵抗力，但看來並非如此，只見她滿臉通紅地垂下頭。

……太、太尷尬了吧。簡直是尷尬到極點。

如果是伏見，雖然也會大吵大鬧，但我至少還知道應對的方式。

「我、我其實也很清楚，男生，都會看這種東西。不過，內容還是比我想像中更為激烈。」

過了幾秒鐘後，她才終於能看著我說話。

「你跟伏見同學，也會做，那種事嗎？」

「嘎？怎、怎麼可能嘛！」

「是嗎？可是你們都接吻了？」

「咦？」

沒事——鳥越這麼說道，還握緊手中的自動筆。

「你幫我選，要借給我的漫畫吧。」

「啊，好……」

被她看見了……？

不過這也沒有什麼好介意的吧。

我又不是跟鳥越交往，然後跑去跟伏見接吻。這種情況我根本沒必要拚命辯解。

……然而。

鳥越剛才低聲說「沒事」的側臉，總覺得好像深深受了傷害。

我不知道現在該跟她說什麼才好。

說是罪惡感又沒有那麼沉重，但如果說是不自在又有點太輕描淡寫了——我有好一會都籠罩在這種複雜的情緒下。

⑬ 對他人敏銳，對自己的情感卻無比遲鈍

「小諒，你跟鳥越同學之間發生什麼事了嗎？」

再過幾天即將面臨期中考的放學後。

鳥越、我、伏見，三人一起複習完的回程途中。

「妳指的是什麼？」

「我就是不明白呀。」

這時我突然想起，上次鳥越來我家開讀書會，她驀然露出的表情。

雖然我並沒有做任何對不起她的事，但總覺得良心有點不安。那之後我也沒有特別留意，不過鳥越似乎刻意跟我保持了距離。

沒事啦——我對伏見如此強調道。

讀書會那時不小心偷看到鳥越私底下的表情，再加上是我害她露出那種反應，這都讓我感到有點愧疚。

鳥越仍依照當時的約定把小說借給我，但我卻怎麼也看不下去。我把那本書的書

名告訴伏見，她回以「鳥越同學果然很會選書呢」。

「……如果那部作品小諒想看，也可以跟我借呀。」

接著伏見便嘟起嘴，小聲地這麼埋怨道。

期中考平安無事地結束了，我們三人在放學後，來到家庭餐廳。篠原隨即跟我們會合，隨便聊了些各自的近況後，伏見這麼提議。

「包括考試，以及考試期間的準備，我們來開這段日子是否安排得當的檢討會吧。」

她在桌上交叉雙臂，大張旗鼓地如此說道。

「「「…………」」」

這傢伙是認真的嗎？除了伏見以外的三人，都露出這樣的表情面面相覷。

「……至少讓我們稍微享受一下剛解脫的餘韻吧。」

「伏見同學，考卷還沒發回來，檢討會等成績出來再開不好嗎？」

「就是說嘛，大家先來點餐吧。」

篠原這句似乎很不耐煩的催促，讓大家恍然大悟般地看起了菜單。

「小諒，你整體考下來感覺怎麼樣？」

「嗯，感覺跟之前差不多吧。」

「高諒的『跟之前差不多』那不等於完蛋了嗎……」

篠原的學校好像也考完期中考了。她給人的印象，並沒有笨到非得要刻意參加我們讀書會不可的程度。或者毋寧說她是屬於成績好的一類？

「如果跟以前一樣沒進步那不就糟了嗎，小諒……」

「喂伏見，不要用那種同情憐憫的目光看我好嗎？」

我們各自點了飲料吧以及隨便一樣主餐，接著就聊起了考試的內容，還有毫無任何關聯的連續劇等等，話題可說是相當廣泛。

「高諒，你想喝什麼飲料？」

「啊——我自己去裝就好了。謝謝。」

拿起已經變空的杯子，我們起身離席。

「女生還真會閒聊啊……」

「只要交情好，自然就會聊各式各樣的事啦。」

喀啦叩囉——當篠原用夾冰鉗在飲料內加入冰塊時，我對她拋出一個之前想到的疑問。

「篠原，妳當初真的不是因為打賭輸了才告白吧？」

「我記得這件事我說過了啊？幹麼又問一遍？」

「那我到底是哪裡好？」

「咦？」

「呃……這件事我沒問過吧。」

由於當初只交往了三天而已，我根本沒時間問清楚。

「那是因為……那個……」

叩囉、叩囉、叩囉——篠原持續在杯中加入冰塊。

喂已經快滿出來了，看一下妳的手邊啊。

「我既沒有在妳被小流氓糾纏時救過妳，也沒有在走廊轉角跟妳狠狠撞上，所以我搞不懂契機究竟是什麼。」

「……那件事已經結束了，現在也不必刻意追究吧。」

哼——她把頭用力撇開。

嗯，這麼說也沒錯啦。

只是我想知道「喜歡」是一種什麼樣的感覺，所以才想以篠原的情況作參考而已。

「哎呀——？這不是Shino嗎——」

我順著聲音回過頭，原來是隔壁班的秋山。她以前也就讀跟我和篠原一樣的中學。

同樣拿著飲料吧的杯子，秋山跟桌子距離我們有點遠的兩位女性友人在一塊。

好久不見，近來好嗎？妳給人的感覺完全變了耶？諸如此類，兩個女生聊了幾句話。

雖說中學時代，這兩人並沒有給我留下交情很好的印象，但照現在的樣子看多少還算是有往來的對象吧。

「對了，妳現在還會用『那個』嗎？」

秋山露出皮笑肉不笑的表情。

「那個，就是那個啊。老是說什麼宿命安排。」

儘管感覺是隨口說出的，但秋山的語氣還是有一點嘲笑的意味在內。

「我現在已經不會說那個了。」

笑容變僵的篠原勉強擠出了這句回答。

「妳不就是因為不想被人知道這件事才選擇聖女的嗎？」

「……不是。」

「咦——騙人的吧？」

如果雙方感情很好，這就只能算是好友之間的小小吐槽，然而從篠原散發的氣息來看情況應該並非如此。當然秋山那邊或許也沒有太大的惡意就是了。

我打斷了好像還想繼續說下去的秋山。

「既然她本人都否認了，就當作是這樣不行嗎？」

「可是大家都說——」

「這傢伙，是因為腦袋好才去聖女的。理由就是這麼單純。很遺憾不是什麼有趣或搞笑的因素。」

我斬釘截鐵地說道，無法反駁我的秋山這才噤口。

在尷尬的氣氛中，秋山用飲料機裝滿果汁，然後就逕自離去。

回座位的途中，篠原平靜地對我說道。

「……就是因為你的這點。」

「什麼？」

「先前的話題。」

「妳是指妳為什麼要去聖女的理由？」

「啊，那個喔，我並不是想逃到沒人認識我的地方喔，也不是想在升上高中後來個大變身，那個，是因為——」

「沒關係啦，就算妳是想在升上高中後來個大變身，或是擺脫過去中二病的黑歷史，不論什麼理由都是妳的自由啊。」

「就說了不是那些原因嘛。」

「我知道了，我知道了，妳不要見笑轉生氣。」

一提到這個話題她就突然情緒激昂起來，果然很可疑啊。

「高諒的那種性格……對中二的我來說，就跟『被小流氓糾纏時出手拯救』，或『在走廊轉角狠狠撞上』意思是差不多的。」

拜託，我剛剛不是才說過，那些事我完全沒做過嗎？

這種頭腦好的傢伙究竟在說什麼，我真是一點也搞不懂啊。

⑭我不懂什麼是「喜歡」 其2

「具體而言我到底做了什麼事啊？」

『真是的，你很煩耶……』

伏見主辦的期中考檢討會結束了，回家的當天夜裡，我對篠原提出了一連串的窮追猛打。

我腦中浮現話筒另一端那傢伙不耐的臉孔，但依然不為所動地繼續追問。

「是中二校外教學我們同組的時候吧，是不是那次？」

『我忘了。』

「拜託啦，請妳告訴我嘛。」

我為了搞清楚篠原當初是怎麼喜歡上我的，才這麼鍥而不捨。

聽到話筒那頭傳來好像已經放棄的嘆息後，她才開口說道。

『當初的契機是……嗯，沒錯，應該就是校外教學吧。要分組自由行動的時候，組裡的其他人走路速度都很快，我完全趕不上；而就在這時，只有高諒一個人願意停下來等我……』

有這事？

「咦，就只有這樣？」

『契、契機嘛，契機你不懂喔！就只是一個契機！…………然後，呃，從那之後我就越來越注意你……』

「光為了那件事妳就開始注意我？」

『那有什麼關係，你很囉唆耶！每個人的情況都不同啊！——不過，這種事你至少去問非當事人吧……我都快丟臉死了。』

「我也是。」

『你這個沒用的男人……』

就算她這麼批評我，能讓我直截了當問這個的人，除了篠原以外我也想不到第二個了，所以我也是莫可奈何啊。

況且，她當年究竟為何要向我告白，也可透過這個機會揭曉謎底，光是為了這點就值得這麼做了。

『你對伏見同學或小靜，難道就不會有特別注意的時候嗎？不是單純的朋友那種，而是意識到對方是個女孩子喔？』

感覺最強烈的，就是被強吻那次。不過，這件事還是別對篠原說吧。

與其說是被強吻，不如說是順序錯了吧，兩人應該要先交往才對。

「也不能說沒有啦……」

『我順便問一下，小靜跟伏見同學，你到底要選哪個？』

怎麼突然把矛頭轉到我身上了。

「這兩個人都不錯啊。不論跟誰獨處我都能放鬆心情，也能玩得很愉快。」

『你都不會怦然心動……!?或者胸口小鹿亂撞？』

被她這麼一問，好像兩個人都沒有這種情況吧。

『跟對方見面的那天，光是看到她的臉就會超級開心，而且只要對方跟你打招呼，就會有自己可以無敵一整天的錯覺，都沒有這樣過嗎？』

「妳在胡說什麼啊？」

哈啊啊啊啊……電話那頭發出超級誇張的嘆氣聲。

『你孤老到死吧。』

「喂，等一下。」

為什麼我非得受到這種死亡詛咒不可啊。

「呃，難道我這樣很奇怪嗎？」

『病了，你這是一種病。比起中二病，你這種更噁心。高諒，你根本沒有初戀過吧？』

篠原彷彿極度無奈地這麼說道。

不明白「喜歡」是怎麼一回事，真有這麼奇怪嗎？

班上的男同學當中，已經有好幾個人有女朋友了。雖然不是他們本人承認的，但謠言總會傳入我耳邊。

不過，我卻不怎麼羨慕那些人。

雖說我有慾望，也對性這檔子事多少抱持興趣，但我並不認為那就代表我喜歡上對方了。這種事絕對不是看了女生的裸體就能決定的。

「篠原的初戀會不會就是我啊。」

『那還真遺憾，我的初戀是在幼稚園的時候。』

也太早了吧。

『我覺得，女孩子萌生這種情感的時間會比男生早很多吧。但話說回來，高諒的情況又另當別論了。』

「所以我才像這樣找妳商量嘛。」

唔唔唔唔唔——篠原在電話另一端發出低吟。

『這種事，或許身為女生的我不該說才是……當你、你一個人，那、那個的時候，腦中會浮現伏見同學的臉嗎……？』

「嘎？」

這傢伙，突然說這什麼鬼話啊。

『反、反正男生都是用那方面來判斷的不是嗎？』

就是所謂的用下半身思考？

「老實說，我腦中不會浮現任何實際存在的人物。」

『所、所以說你還是會那個就對了……』

「嗯，那當然。」

呼、呼嗯——篠原這麼回應。

『…………』

「妳這傢伙，該不會是正在對我進行奇怪的想像吧？」

『我、我才沒有哩！只、只是覺得，原來高諒也是正常的男生……』

咳咳——篠原裝模作樣地乾咳了幾聲。

『那、那我換個方法問好了。你比較想看誰的裸體？』

「妳這傢伙，老是問一些離譜的問題耶。」

『你不必硬要從那兩個人當中選也沒關係。』

「為什麼突然大方起來了？」

裸體啊……

『因為你一直說你搞不懂，我才換一個方向引導你，你好好感謝我吧。話雖如此，我現在可是害羞到滿臉通紅喔……』

「這樣啊。很抱歉要妳幫忙解決我的疑問，多謝了。」

『你不要故意裝乖跟我說謝謝，然後藉機轉移話題好嗎？』

為什麼會被她識破呢？

是說，先開始轉移話題的人應該是妳吧，篠原。

起初我是要跟她請教「喜歡」是什麼樣的感覺，結果現在焦點卻轉到了我究竟喜歡誰之上。

『小靜她，該凸該翹的部位可是一點都沒少喔，別看她那個樣子。』

「……」

鳥越嗎？

『你在想像什麼畫面啊？』

「不是妳要求我想像的嗎……」

『高諒，喜歡隱藏巨乳，嗯嗯……』

「不要偷做筆記。」

雖說隔著電話也無法確定對方是不是真的在筆記就是了。

…………咦？隱藏巨乳？

說起伏見，從正面看胸前是一片平坦，如果從側面看也是一條美麗的直線，沒有任何曲線可言。

至於伏見的裸體，我小時候看過很多次了。

雖說長大以後身材一定跟幼年不盡相同，但如果要問我現在想不想看她裸體，那我的答案一定是ＮＯ。

「不對，等一下……？」

我家有個小院子，小時候經常在那邊用塑膠充氣泳池玩水。

而玩水的時候，除了伏見好像還有另一個人在……對喔，是茉菜吧？

『你去看少女漫畫惡補一下好了。所謂「喜歡」這種感情，有大半都是自己一廂情願的誤解喔。』

都討論這麼久了，她才終於爆出真心話。

如果你沒有我可以借你——篠原向我介紹了好幾部作品，最後說定要拿給我她特別推薦的一部。

「如果看漫畫就能懂，那我也不必這麼辛苦了吧。」

雖然我從沒看過少女漫畫，但我想裡面的觀點也不一定正確吧。

「葛格……你在跟誰講話？」

茉菜悄悄溜到我房門口窺看。

「啊啊，跟篠原，稍微有點事。」

「啊，是跟相撲老大啊。」

什麼相撲老大？

好吧，茉菜為何要如此稱呼篠原，我大致可以想像出來。

茉菜……正如母親所說的，胸前十分傲人。

明明才中學三年級，發育竟如此神速。

「葛格，你在凝視我的胸部……！」

「被妳發現了？」

「當然。要摸摸看嗎？」

「誰要摸啊。」

既然遇到了，我決定順便問一下茉菜。

「對茉菜來說，『喜歡』代表什麼？」

「我心目中的『喜歡』嗎？」

唔唔——只見她歪著頭思索了一會，最後才終於開口。

「就是把那個人的事，看得比自己還重要——應該是這樣吧？」

欸嘿嘿——茉菜好像很害羞地這麼教我。

「啊啊，原來如此。」

「晚、晚安囉。」

或許是感到不好意思吧，茉菜逃也似地跑掉了。

她這個答案的參考價值是相撲老大的十倍。

⑮寬容大度的女孩們

「怎麼樣？」

午休時間的物理教室，鳥越主動向我攀談。

「什麼東西怎麼樣？」

「借你的小說。」

對喔，自從她借給我以後我連一頁都沒翻開過。

「我還沒開始看呢……抱歉。」

「是嗎？如果不太合你的口味，請直說。我還有別本可以借你。」

「嗯，謝謝。」

我迅速瞥了座位有點距離的鳥越一眼。

「……怎麼了嗎？」

「啊，不，沒事。」

『小靜她，該凸該翹的部位可是一點都沒少喔。』

篠原之前說的這番話，依然在我腦中揮之不去。
是嗎……？真的是這樣嗎？我狐疑地歪著腦袋，又偷看一眼。
看起來完全不像那樣啊。
篠原一介女生的觀點，會做出如此的判斷一定是有她的道理在。
根據那位相撲老大所言，鳥越似乎是「隱藏」型的好身材，因此或許乍看下很難發現也說不定。
「從剛才你就在做什麼？有事的話直說吧，我洗耳恭聽。」
「啊啊，不，真的沒事。請妳不要在意。」
「？」
鳥越納悶地蹙起眉。
話題轉移到我借她的漫畫，她問了我許多問題。
我在避免洩漏劇情的前提下，盡量為她解答，例如比較喜歡哪個角色，覺得這個角色如何等等，聊天的氣氛自然而然熱烈起來。
「為什麼反派那邊的女角胸部總是很大呢。」
「咦，胸部……咦？」
「……你怎麼突然動搖了？我說的情況應該經常出現吧？」
我還以為自己一直偷看的事被她發現了。

不過情況似乎不是那樣。

我這才偷偷鬆了口氣。

都是篠原害的。

那傢伙……對我下了某種詛咒。

使用「隱藏巨乳」這種的強烈關鍵字，促使我的意識自然而然往鳥越的領口那邊飄過去。

「呃，妳說得沒錯。反派女角色，大多都會描繪成性感的造型。」

「如果做成模型，應該會很驚人吧。」

嗯嗯，尺度絕對會突破天際──鳥越對自己的發言一個勁地點頭。

「高森同學，也覺得大的比較好嗎？」

「咦？妳指的什麼？」

「從前後文你也應該能理解吧，就是胸部啊。」

我忍不住再度瞟向她的胸口──

隨即我又猛烈搖頭，強迫自己的視線挪到其他地方。

「如果硬要選的話，還是大的比較好，應該吧？」

「這樣嗎？」

雖然鳥越面無表情，但可以清楚看到她在課桌底下擺出一個小小的勝利手勢。

她大概是想偷偷比吧，然而，從我這個角度根本是一覽無遺喔？

「原來是這樣啊，呼嗯。」

恢復一派冷靜的鳥越，彷彿在確認般，口中反覆唸著「高森同學，覺得大的比較好」。

她會如此在意這點，果然是因為……？

不過，一旦穿上制服，就根本看不出身材如何了。鳥越的胸部，究竟是什麼樣子啊？

「夠、夠了吧，別再討論這個話題。」

不知為何我突然莫名害臊起來，便強行改變聊天的重點。

「那反過來說，鳥越有沒有什麼特別的癖好？」

「我是戀聲癖。」

她立刻說出答案。

絲毫沒有任何羞恥的反應，毋寧說她露出了彷彿很自豪的表情。

「像是聲優 Yoshiyoshi 那樣的最棒了。」

誰是 Yoshiyoshi 啊，某個聲優的綽號嗎？

「妳的答案還真具體啊。」

所以說，我也是刺激到了她的戀聲癖嗎？

「高森同學，你誤會了。具備某種癖好跟是否喜歡某個人，是兩碼子事喔。」

「那我的情況也類似這樣吧。」

「呼嗯，是嗎？」

跟剛才的說話聲截然不同，她此刻的語調極低。

「高森同學，你今天一直在偷看我的胸部對吧。」

「咦？我，沒有看……」

「不，我早就發現了。」

真的假的？茉菜也說她可以感覺出來。

這難道不是辣妹的一種固有能力嗎？

「我是不介意啦……」

不介意嗎？

鳥越這麼說著，臉頰逐漸染上紅暈。

「不過，還是會覺得不好意思，所以，請你不要這樣……」

「真抱歉。」

「這個，已經算非常明顯的性騷擾了。」

「我真的很對不起。」

「胸部星人。」

「咕噗，我無話可說……」

呼呼呼——鳥越發出像是在吐氣的笑聲。

「被別人這麼盯著，恐怕還是我生平第一次呢……」

生平第一次……？

我正在等對方繼續說下去，但鳥越已經拿起東西離席了。

「才吃到一半，怎麼就要走了？」

「我以前，從來沒被高森同學那樣緊盯著……所、所以有一點……太高興了而已。」

她小聲說完後，就紅著臉走出物理教室了。

「她高興？」

明明是性騷擾耶？

難道，鳥越是變態？

然而看對方胸部看得太過頭，的確是需要好好反省一番。

篠原所言的『意識到對方是個女孩子』，或許我剛才的舉動就已經算非常接近了吧。

恐怕，打從她對我告白的那天起我就開始意識到了。

在上課前五分鐘我返回教室。

「喂，伏見，下一堂課是什麼？」

「我不知道。」

……怪了？為何她一副心情惡劣的樣子？

而這種情況，一直持續到放學後。

因為她心情不佳，我原本以為她不會等我寫完教室日誌就單獨回去，結果她卻好端端地坐在隔壁。

只是，她什麼話也不說，把氣氛搞得很凝重。

「妳其實大可先回去啊。」

「我都在等您了，叫我先回去不會太過分了嗎？」

為何突然用敬語啊。

「我做了什麼不對的事嗎？如果有的話我向妳道歉。」

「其實你是沒有做，但等於做了。」

「這是益智問答嗎？可不可以更具體一點？例如什麼？」

「你對鳥越同學性騷擾了吧？」

伏見為什麼會知道。

「因為她對我說『伏見同學也要小心』。」

竟然去告密!?

而且對象還是我最棘手的傢伙！

「但是你對我，卻從來不做那種事。」

是因為這樣心情才不好的嗎？

不過，伏見這種說法，好像是希望我對她性騷擾一樣。

這個嘛……嗯，好吧……

應該說她沒什麼看頭，或者該說她就算想隱藏也沒什麼東西可以隱藏。

如果是鳥越，光是偷看就能讓人心裡小鹿亂撞；但伏見，看了反而有一種安心感。

她的體型我早就看習慣了，而且想必將來也會繼續維持這樣，這種安定的感覺真是無與倫比。

「不可以盯著胸部看唷，小諒。因為，胸部是一種會魅惑人心的東西。」

她一臉正經的表情。像這樣被她直直凝視反而讓我感到很不好意思。

「我、我知道了，知道了啦。今後我會留意的。」

「……小諒，人家只是發育期比較久而已。」

「我什麼話都還沒說耶。」

我一邊露出苦笑，一邊繼續寫教室日誌。

「雖然我自己說很奇怪，不過你看，我的腿還很細呀。」

她轉向我這邊，用力伸直自豪的一雙美腿。

「別這樣啦，這個角度內褲都快走光了。」

「呼呀啊!?」

伏見突然發出怪叫，然後馬上按住自己的裙襬。

「色狼色狼色狼，小諒是個大色狼！」

「妳這傢伙，是小朋友嗎？」

我無奈地這麼說道，伏見便發出咯咯的笑聲。

「……如果是小諒，稍微被看到一點也很安全唷……」

⑯來試拍影片吧

期中考過後的第一個週末。

睡到快中午再起床，然後就一邊看電視，一邊享用早午餐，接著隨便打一下電動——正打算像這樣度過極其平凡的一天時，現實卻無法如我所願。

「葛格？姬奈姊姊來囉——」

「嗯啊……」

我被聲音吵醒，只見茉菜對著房間內探出頭。

望了枕邊的手機一眼，現在才早上八點。

而且畫面上，已經分別顯示出三則通知訊息。

那全都是伏見傳的。

「什麼……」

「我也不清楚，不過一定是來找你玩的吧？」

鳥越上次也是這樣，別老是八點就跑來啊……

「可以讓她進屋裡來吧？是說，她已經在我背後了。」
「啊啊，是嗎……」
才剛起床不到五分鐘大量情報就接踵而來，我根本來不及應付……
「小諒，早安呀。」
伏見的臉龐倏地從茉菜身邊竄出來。
「呼呼呼，剛起床的模樣真驚人。」
「剛睡醒的葛格，樣子很可愛吧。」
「嗯，沒錯。」
剛醒來的狀態被人指指點點實在很不痛快，於是我迅速鑽出被窩，一屁股坐在床邊。
「為什麼，要這麼早跑來啊？」
「呃，這又有什麼關係嘛，雖然我的確沒什麼重要的事啦。」
啊哈哈——伏見一邊苦笑一邊搔著臉頰。
「好吧隨便妳，鳥越也說她今天要來。」
這樣剛好。
「啊……所以姬奈姊姊才要搶著早上第一個報到嗎？」
「噓——噓——」

原來如此啊——眼中帶著笑意的茉菜自顧自地點著頭。

「誰叫你們趁我不知道的時候約好了要兩人單獨玩……」

鳥越也是朋友，所以伏見才想一起加入我們吧——

那種感覺就好像，自己的朋友們，趁自己不知道的時候交情變得更好了，總會讓人有點不自在。嗯，我也可以體會這種心情喔，伏見。

「葛格，你絕對沒聽懂剛才的意思吧。看你那種表情。」

「我是想說，伏見週末上課不是很忙嗎？況且，這種事也不必刻意跟伏見提吧。」

「嗯，這麼說也沒錯啦。」

「姬奈姊姊，妳是控制狂嗎？」

「討厭，我才不是那種人哩。」

「我家葛格是個遲鈍到死的大笨蛋，但就是因為這樣才惹人憐愛呀。人家不是說越需要照顧的孩子就越可愛嗎？」

妹妹用慈母般的視線凝望我……

那麼你們好好享受吧——茉菜把伏見推入我的臥室後便把房門關上。

「我現在，要換衣服。」

「啊！抱、抱歉，那我把眼睛閉上好了。」

只見她死命硬擠眼皮，簡直就像「(>_<)」的表情。

茉菜這時傳了訊息過來，她好像想把早餐端進我的房間，還希望我告訴她恰當的時機。

我趁換衣服的同時抓空檔對茉菜送出回應。

「我已經好了。」我對幾乎要把眼皮縫死的伏見這麼出聲表示。

其實我就算被她看我也不介意，但伏見的想法似乎不是如此。

「閉上眼睛後，只能聽到聲音，反而讓我心裡怪緊張的……」

「我沒穿衣服的樣子，妳以前就看過很多遍了吧。」

「是沒錯啦……」

篠原曾問過，你比較想看誰的裸體？此刻這個質問，驀然浮現我腦海。

「不過，那都是小時候的事吧？跟升上高中的現在可是意義完全不同唷。」

「……」

伏見亦然，雖然胸前一片平坦，但想必還是有跟兒時不一樣的地方吧。

「你怎麼了？」

「啊啊，不，沒事。」

都是篠原害的，我現在的意識怎麼那麼容易就跑到性的那個方向啊。

「今天妳不用上課嗎？」

「今天的課是從傍晚開始，在那之前我都有空。」

伏見連續擺出好幾個「V」的勝利手勢，臉上還帶著姣好的笑容。

我一邊享用茉菜送上來的早餐，一邊聽她稍微提起演戲的事。

「除了看連續劇跟電影外，閱讀小說也能增進自己的表演能力——老師是這麼建議我的。」

所以這好像才是她開始看小說的契機吧。

過去我完全不覺得伏見是那種熱愛閱讀的人，最近她為什麼突然對此產生興趣我終於懂了。

「小諒，你在做什麼的時候最開心？」

「首先是打電動的時候吧，或者是看漫畫的時候……」

「自己有想做的事，就可以想像成你打電動或看漫畫唷，小諒。」

「是這樣，嗎？」

我口頭上雖然認同，但心底果然還是有些疙瘩。

不見得只要有興趣，就可以從事那項工作吧。

這種想法，或許只有天生具備主角光環的伏見才會信以為真。

還是說抱持這種悲觀心態的我，有點太自卑了呢。

不過我總覺得，大多數普通人的想法真要說起來應該比較接近我吧。

接著，伏見又聊起了她推薦的電影。

那位導演怎麼樣，那位女演員又怎麼樣，諸如此類，她好像有說不完的話。

一提到喜歡的事物就會變得滔滔不絕，這點似乎是所有人共通的。

「叨擾了。」

外頭有這樣的聲音傳進來，接著鳥越悄悄打開門，彷彿是想要確認房內的狀況般地只探出腦袋。

結果我現在才發現，我的手機已在不知不覺中收到了鳥越所傳的『我到了』訊息，以及茉菜提醒我『要把鳥姊姊帶上去嗎——？』的訊息。

「剛才在外面就聽到聲音……原來伏見同學也在啊。」

「鳥越同學，早安。」

「……嗯……早啊。」

「「……」」

猶如時間靜止般，伏見跟鳥越透過視線進行某種對話。

這種氣氛，是怎麼回事？

「歡迎歡迎，妳要進來嗎？」

「嗯，好吧。」

鳥越踏著小碎步走了過來，接著跟伏見一樣坐在床邊。

然後雙方又彼此瞥了一眼，再度陷入沉默。

……這種感覺，又是怎麼回事？

事實上鳥越只說今天要來我家，具體而言要做什麼卻毫無任何計畫。另外伏見週六會跑來我這也算是特例吧。

無所適從的我，只好向她們推廣我最近迷上的少年漫畫。

呼嗯呼嗯——那兩人似乎充滿熱情地聆聽我的介紹，隨即肩並肩看起了那部漫畫的第一集。

感情真好啊。

這當中我無事可做，便開始剪輯很久以前茉菜拜託我的影片。

「小諒你在做什麼呢？」

「玩手遊嗎？」

對那兩人的質問，我的視線絲毫不離開手機螢幕並同時答道。

「茉菜說想在社群網站上傳影片，就是之前放煙火拍的。不過那傢伙，對這種事很不擅長，因此想要我幫忙剪輯影片素材並巧妙串聯成一個檔案。」

「咦，原來是這樣。」

這兩人感情真好啊。

手機對於像我這樣的普通人來說，功用已經類似一部電腦了。

只要稍微搜尋一下，就能找到好幾個專門剪片的 App，根本不需具備高深的知識或技巧。當然，就專業的網紅來看可能會覺得我的成品只是扮家家酒，或者浪費了太多不必要的力氣跟時間，但光憑那些軟體，的確就能輕鬆做出一部影片來。

「嗯，這樣就差不多了吧。」

我反覆試誤了卅分鐘左右，終於剪出烤肉那天放煙火的影片。

「小諒，借我看。」

「我也想看。」

「可以是可以啦，但也不是什麼了不起的東西喔？」

「沒關係。」」

那兩人湊到我手邊，我便將要傳給茉菜的檔案播放出來。

做為素材的影片共有四段，我分別取出裡面比較精采的部分整合成一部大約廿秒的影片。

「好棒唷，煙火好漂亮。」

伏見喃喃說出像是小學生一樣的感想，相對地，鳥越卻——

「雖然影片很短，不過除了煙火外，也把放煙火的人那種開心的表情加了進去，傳達出更強烈的臨場感。」

嘎？伏見望向鳥越，先乾咳了幾聲。

「背景音樂也不會妨礙收看，我覺得這段影片剪輯得算是很精緻吧。」

「伏見，妳沒有必要跟別人比賽評論吧？」

唔咕咕——伏見的嘴角整個垮了下來，接著她又跟鳥越一起重新播放那段影片。

「小諒，沒想到你還會這個。」

「嗯，其實只是App的功勞啦。」

「不過，有些隨便的人做出來的成果就很遜啊，在社群網站上也有很多。」

嗯嗯——鳥越也點頭同意這樣的說法。

「雖說有App，但剪輯是個很枯燥乏味的工作，大多數人都是隨便抓出一段合適的內容就直接上傳了。」

「茉菜對經營社群網站好像很熱情啊——每次有很多人按讚時，她都會開心地向我報告。看她那麼高興，我就不得不稍微加把勁幫忙剪片了。」

此外對上傳後的結果我也懷抱著些許期待。雖說我自己的帳號倒是放著不管、完全沒新增任何內容就是了。

「小諒一定是那種，比起追求自己的喜悅，看到別人開心或高興時，自己反而覺得更享受的類型吧。」

伏見一臉笑咪咪的表情，不知道在欣喜什麼。

伏見一邊咀嚼著午餐的咖哩，一邊這麼說道。

「有些素材，只要更有技巧地剪輯，或許就會變成很精采的影片吧——？你有時候是不是也會覺得很可惜？」

「多少有那種感覺吧。」

在我家飯廳，眾人將茉菜事先煮好的咖哩加熱後食用。

至於廚師本人，好像跟朋友去唱歌了，所以目前並不在家。

「所以我都會嘗試各種剪輯或加工手段，看能不能化腐朽為神奇。」

「沒錯沒錯，就是那樣！我想說的就是那個，小諒。你如果能從頭開始拍攝的話，搞不好會做出更棒的影片唷？」

嗯，的確。

「……」

只有嘴巴在動的鳥越，聆聽我跟伏見的對話。

大概是茉菜的咖哩太美味了，才會讓她感動到無法言語吧。

「那、那個……所以，可以拍我嗎？」

「拍伏見？」

「就、就當作是練習吧，雖然有點不好意思……但如果是小諒來拍，我就不介意……」

正如這番話的內容，伏見以扭扭捏捏的態度害羞地說道。

伏見目前正在學習戲劇，做這種事應該也能視為某種小訓練吧。
「我是沒意見啦。」
「咦，真的可以嗎？」
「嗯。」
幸好，我的手機已經在今年春天換了最新的機種。
搭載的鏡頭性能也相當不賴。
「這麼一來，我跟小諒就能雙贏了——彼此都有練習的機會。」
「我要練習什麼？」
「那個……對了，當網紅呀？」
最好是啦——我笑著否認道。
「可是，小諒，我看你好像也很享受的樣子。」
「是嗎？」
嗯——伏見點點頭，鳥越也接著說道。
「我也這麼認為。不過真叫人意外啊，這種作業其實滿繁瑣的，本來以為高森同學應該不會感興趣。」
難道只有我本人沒有自覺嗎？
然而，是否會因此感到開心先另當別論，至少做這件事的時候我既不討厭更不會覺得辛苦。

「為了實驗，我們現在就來試拍段影片看看吧。」

比那兩人先吃完午餐的我，開啟手機的照相功能，切換到拍攝影片的模式。我用鏡頭捕捉伏見，她正好把自己那份咖哩吃掉了三分之二左右。

「咦？現在就拍？」

「現在。」

「咦咦咦……我、我不知道該做什麼。你突然就拿起手機拍我。」

陷入慌亂的伏見，用雙手捧起杯子，假裝自己在喝水。

「沒有預先計畫好果然會讓妳很困擾嗎……」

不過，剛才提議要試拍的不就是伏見本人嗎？

「要不要設立一個大家共用的帳號，把拍攝的影片上傳出去。」

鳥越這時如此喃喃說道。

「喔喔……」

「咦？怎麼了？」

一旦有了目的，拍起來或許會比較輕鬆。

「那，就朝妳說的那個方向嘗試吧。」

「小諒，你以前從來沒有這麼積極。」

「其實內心早就迫不及待了對嗎？」

那兩個女生，對望一眼後噗嗤笑了起來。

吃完午飯後，我們再度返回房間。

我用手機的後鏡頭，對著坐在床上的伏見並問道。

「先從自我介紹開始。」

「ＯＫ，這個步驟是很重要的。」

咳咳——伏見先清了清喉嚨。

「之前的那段就不要了，從現在這裡才正式開始唷。」

說完，伏見原本舒緩的表情突然變得一本正經。

「我是伏見姬奈，正在就讀縣立高中的十六歲學生，目前跟父親以及祖父母四人住在一塊。」

接下來呢？她對我投來好像在這麼詢問的視線。

正當我在思考接著該說什麼時，鳥越攤開筆記本在上頭寫了起來。

『妳的嗜好呢？』

原來如此，反正就類似自我介紹吧。

「嗜好是，看電影跟閱讀。我最近也開始學習戲劇……」

伏見對著我的方向露出羞赧的笑容。

這種表情，想必會迷死之後對著螢幕看這段影片的男生們吧。

『有男朋友嗎？喜歡的異性類型之類。』

烏越再度幫忙提詞。

「我沒有男朋友。喜歡的異性類型是……認真且能讓我感到安心的人。」

等等。

我怎麼覺得，這很像A片的開頭啊？

『有接吻經驗嗎？』

「咦咦……這個也要說嗎？」

呼嗯呼嗯——烏越嚴肅地點點頭。

伏見雖然有點手足無措，但想起攝影機還在運轉，就再度擺出凜然的表情。

「有，不過只有一次。」

她光明正大地自白道。這時，烏越猛然轉頭看向我，喃喃發出一聲「呼嗯」。

幹麼啊？烏越對我有什麼意見嗎？

『性經驗呢？』

喂，烏越。

妳那些質問的內容，根本就是故意的吧。

伏見的臉瞬間漲紅起來，她好像很慌張地這麼答道。

「——沒、沒有。我還沒有過。」

這是女優（女演員）的訪問沒錯，但看起來像是另一種女優……

「伏見同學，也還沒那個過嗎？」

鳥越同學既然說「也」，代表妳也是那樣嗎？呃，這不就等於自爆了？

上述那些是伏見口中的唸唸有詞，是說我也聽到了喔？

呼嗯呼嗯——眼見鳥越似乎還想拋出更激烈的質問，我一把揪住她寫字的手。

「鳥越，方向搞偏了我不拍了。」

我停止錄影。

那本筆記本上，已經寫了「性敏感部位」幾個字。

妳到底是想問出什麼啊。

「我才不想知道那種事。」

「可是，這是標準的流程啊。」

妳這傢伙，到底是從哪學來那些知識的啊。

「你們怎麼了嗎？」

伏見這時露出一臉天真無邪的燦爛笑容，湊過來我們這邊觀看。

「沒事沒事……鳥越，妳怎麼會知道，這種問問題的步驟是標準流程呢？」

「……」

只見鳥越用力把頭扭開。

妳問了伏見那麼多尷尬的問題，自己卻不肯回答。

「啊，我差不多該走了，不然會趕不上課程。」

「雖然只是到車站，要不要我送妳一程？」

霎時，我感受到鳥越的視線。

「謝謝。不過，我還得先回家一趟，接著我父親會開車送我，所以不要緊的。」

伏見把東西收拾好以後，說了聲「拜拜」就走出我的房間了。

我試著播放剛才拍攝的片段。果不其然，場景是房間的床上就已經很那個了，問題又全是那種類型。應該說，怎麼看都是A片的開頭嘛。

「都是因為高森同學要她坐在床上自我介紹的緣故。」

「只要妳好好問問題，就不會偏到那個方向去了。結果妳還故意整她……」

真是的——我輕輕嘆了口氣。

鳥越似乎只是想開個小玩笑罷了，只見她靜靜浮出笑容。

不過話又說回來，她怎麼會知道那些？

還把影片導向了另外一種女優的影片。

「不過，我對那種事多少也有點興趣。」

「咦？妳說什麼？」

「因為，我對那種事，毫無任何經驗。自己當然也沒做過。要是有那種機會，一定會感到六神無主，所以該說是事前的知識或準備工作嗎……我才，那個……」

烏越的臉色逐漸赤紅起來，很快連耳根都變紅了。

「討厭，當我沒說——你忘了剛才的話！」

「知道啦。我就當作什麼也沒聽見。」

好啦好啦——我上下揮動雙手，安撫對方冷靜下來。

「嗯，如果你能那樣，是最好了……」

別盯著我看——烏越以雙手掩面。

「呃，你剛才說要送她去車站，是騎腳踏車載她嗎？」

「嗯——隨妳怎麼想吧。」

「你好壞，明明是班長大大。」

「不是什麼大大只是班長而已。」

大概是為了不讓我看到表情吧，烏越一下子繞到了我的背後。

「她會從背後抱住你吧。」

「也沒有到抱住的程度，只是用手臂環過我的腰罷了。」

「是像這樣嗎……你們好詐啊。」

烏越這時冷不防用手臂環抱我的腰。

由於貼得比想像中更緊，那個部位也碰上來了。

「像、像這種感覺嗎？」

「對、對吧……就是這種感覺。」

只有胸部的觸感跟伏見截然不同就是了。

「你的背好大喔。」

「我想一般的男生差不多都這樣吧。」

她到底想維持這樣多久啊。

快放開——這種話實在很難說出口，而且就算她放開了，接下來我也不知道該做什麼。

正當我陷入無話可說的窘境時，我背後有被她的頭靠上的觸感。

保持這種狀態好一會後，鳥越忽然鬆開雙臂，拋下一句「我要回去了」，接著便快步從房內離去。

⑰校慶籌備會　其1

「現在召開，校慶擺攤一次籌備會——」

一整節課的導師時間——也就是各班老師可以自由支配的空堂，本班導師小若甫上臺就懶洋洋地說道。

「已經到了這個時節了呢——」

鄰座的伏見也悠哉地表示。

這種會議大致說來都很難速戰速決，所以我心情有些沉重。

才五月的尾聲而已，現在討論會不會太早了點？儘管很容易出現這樣的念頭，但其實現在這時候開始反而會很難順利推動……應該是這樣吧。

記得去年開始討論，也差不多是這個時期才對。

「總而言之——兩位班長，剩下的就交給你們啦。」

小若以輕鬆的口吻這麼說道，只拿著點名簿就走出教室了。

我跟伏見只好無奈地來到講臺上，充當會議主持人。

「大家有什麼想做的企劃嗎?」

伏見試圖喚起眾人的熱情，但同學們只是跟隔壁的人交頭接耳、竊竊私語，並沒有人主動提出意見。

我身為會議記錄儘管手中握著粉筆，但現在根本沒有粉筆的用武之地。

嗯，也對啦，反正這既不是高中第一次參加校慶，也不是最後一次，完全找不出大家得拚命去做的理由。

不過即便是第一次或最後一次，我都保持平常的步調就是了。

這可是大家生平唯一一次高二的校慶園遊會喔！所以我們一起來努力吧！並沒有誰像這樣說出激勵人心的話。

「該怎麼決定好呢?」

陷入困擾的伏見，轉過頭來看我。

「因為都沒人提議啊……應該說，大家沒什麼想做的，或許吧。」

我自己也不例外。

並不是不想提議，而是腦子根本一片空白，連能提出的東西都沒有。

「咦咦——這樣喔?」

伏見眉頭深鎖，發出唔唔嗯的苦惱聲。

我迅速環顧教室一圈，雖然有人在跟鄰座輕聲交談，但並沒有誰想要放大音量讓更多同學聽見。

「既然有姫奈同學在，就以她擔任招牌女服務生開個咖啡廳之類的如何？」

其中一名女同學，這麼隨口說道。

好好好，咖啡廳是吧。

我在黑板上喀哩喀哩地寫了這個提案。當然，「招牌女服務生」這幾個字也沒忘加上去。

雖然不知道是誰提出的，但既然現狀是連討論都討論不起來，就不必管這個企劃好不好先致上感謝再說。

「為什麼要以我為主呀？」

「因為那個提議就是這樣。」

「既然如此，所有女生都要參加呀？整天只有我一個人在教室輪班也太討厭了吧。」

這麼說也有道理。

「那麼，開女僕咖啡廳好了。」

這是男生的提案。雖然很老套，不過既然咖啡廳都被列舉了，女僕咖啡廳也不錯。

「男生只是想讓女生賣肉而已吧！」

「女僕才不是賣肉！」

喔喔，終於有點討論的氣氛了。

女僕究竟是不是賣肉姑且不管，既然要爭論大家就盡情發揮吧。

「女僕咖啡廳啊……小諒，你認為呢？」

我在腦海中，試著讓伏見換上女僕裝。

「啊啊……好像還不賴。」

「是這樣嗎？」

以咖啡廳跟女僕咖啡廳為首，陸續又有幾個企劃被零星提了出來，但要不是男生那邊反對，就是女生這邊掀起抗議的聲浪，反正不論是哪個提議，都會引發某些人的不滿。

候選名單已經多達六個了，而我在每個企劃的旁邊也列出反對的意見。

「要不要乾脆投票表決？」

伏見露出軟弱的表情，我卻對她搖搖頭。

「那只是把反對意見硬壓下去而已。既然這節課還有時間，不如換我們出出主意，妳覺得怎麼樣？」

「聽起來好像不錯唷。」

伏見目不轉睛地凝視著我。

「怎麼了嗎？」

「沒事。小諒，只是覺得你很可靠。」

多謝誇獎。

「伏見有沒有什麼好點子？」

「唔唔嗯——有是有，但還不夠完整。」

這是什麼意思？

我順便對鳥越那邊也瞥了一眼，只見她緩緩地搖著頭。

她那邊也沒啥特別的靈感——應該是這樣吧。

講桌上，放了一張記載校慶園遊會擺攤規定的影印紙。

每班都必須使用教室來擺設攤位，不然就是利用體育館的舞臺進行某種表演才行。

這跟去年不一樣，去年高一時整間教室都可以充當同學們的休息區自由使用。如果選擇去體育館的舞臺表演，那表演的時間分配就採取先報名先挑選的規則。

「伏見演獨角戲如何？」

「唔唔——那樣恐怕不太好吧……」

「我開玩笑的啦。」

不過，看她煩惱的樣子好像也不是很抗拒嘛。

「如果真那麼做，大家恐怕會很自然就把責任全甩到伏見身上。畢竟，校慶擺攤可是一整個班級的活動啊。」

「對、對呀。不論男女老幼，全班團結一致是最重要的。」

「班上大家的年紀都一樣，沒有老幼啦。」

就好比不管是開朗的人或陰沉的人，全都扔到同一間教室煮黑暗火鍋，但至少在這種時候，還是希望所有人能齊心協力。

儘管會議剛開始的情況還不錯，但正如我的預測，一進入實質的討論就觸礁了，最後終於大家都不再提出意見。

好吧，反正才第一次籌備會而已，八成會遇到這種情況。

小若也看出了這種會議得開好幾次，所以才會宣布這是一次籌備會吧。

「可是，不論是哪個提案，都一定會有反對意見呀。」

「那是當然的囉，大家都非常清楚自己絕對不想做的事是什麼啊——」

隨便什麼都好——會這麼說的人，其實背後的意思往往是「什麼都不好」。

自己所認為的「隨便什麼都好」，跟其他人所認為的並不見得是在同一個範圍內。

要找出卅人左右的最大公約數，可是相當困難的。

「那麼，先把『絕不想做』的案子剔除掉吧。」

只要先經過這一步驟，之後反對的聲浪就會變小了吧。

我若無其事地這麼提議，而教室也剛好陷入一片寂靜，所以大家都聽得相當清楚。

「班長大大的主意真不錯耶。」

「的確，選出『絕不想做的』應該要比『想做的』容易許多。」

「班長大大，幹得好啊。」

「就說了我不是什麼大大，叫我班長就好了啊。」

到底要強調幾次大家才會懂啊。

至於鳥越，則面無表情地對我頻繁點頭。

「這個主意好。」

伏見的背書為這件事拍板定案，於是我們要求大家按照提案的順序說出自己不喜歡之處。

「我們最討厭女僕或角色扮演類的活動了。」這是首先發出的意見。

女生做那個感覺會很辛苦吧。

嗯嗯──伏見跟鳥越似乎也相當認同，紛紛用力點著頭。

「我們絕不贊成女生不做角色扮演。」

這是出於男生那邊的想法。

別反對別人的反對意見啊，這樣簡直沒完沒了嘛。

不用說，這勢必會導致女生集中火力反擊。

「什麼女僕啊，那種賣弄風騷的玩意，男生就只會露出色瞇瞇的眼光。」

「女僕才不是色情！」

為什麼偏偏對女僕這麼熱衷啊。

我百般無奈地在黑板寫下大家的意見。

「我個人……願意支持班上所決定的企劃。伏見同學跟班長大大既然是以這種方式進行討論，大家都應該能放心才對。只要決定好了就不要有任何怨言，大家各盡其力吧。」

班上也有個男生說了這樣的話。

這傢伙感覺能變成我的朋友……下次試著找他聊聊吧……

都已經是五月末了，今年真的能搞定嗎。

終於，發言順序輪到鳥越。

「……類似羅密歐與茱麗葉這種，能讓特定一對男女以校慶為契機愛上彼此的話劇，我堅決反對。」

她明確說出自己所討厭的企劃。

為什麼鳥越的舉例會如此具體啊……簡直是話中帶刺……

伏見想要反駁卻發不出聲音。只見她彷彿在吶喊「咦咦咦咦咦」般，原本端整的臉孔變得極度扭曲——

被刺中的人原來在這！

美少女的容貌都被糟蹋掉了，伏見妳最好趕緊收回這種表情吧。

「班長大大小諒，你呢？你有什麼『校慶絕不想做的企劃』嗎？」

「喂，現在可不是在玩什麼搞笑益智問答。」

雖然同樣得問每個人問題，但性質可差遠了。

「我啊，希望班上每個人都能貢獻一己的心力。沒有誰會被硬塞工作，也不要有人只想把事情丟給其他人做，大概就是這樣吧。」

「小諒……請大家掌聲鼓勵。」

別鼓掌啊，簡直是丟臉死了。

「班長大大說得對極了。」

「真是名副其實的正論啊。」

「如果只有自己偷懶打混，不會覺得很心虛嗎？」

大家紛紛異口同聲地說道。

看來我的意見被大家接受了。

除了「我不想做這個」的意見外，現在也有人提出「做這個好像很不錯」的看法，討論風氣變得更加積極正面了。

「嗯嗯，太好了，太好了。」

伏見看著反映大家意見的黑板，好像一副很滿足的樣子。

今天最後一次下課鈴聲終於響起，時間來到了放學後。

當伏見在一旁整理教室日誌時，我則把黑板上的內容抄錄到筆記本裡。

「那樣的話，大部分話劇不都行不通了嗎？」

伏見突然喃喃咕噥了一句。

「演話劇有什麼不好嗎？」

還留在教室的鳥越，坐到我前方的座位上。

「是沒什麼不好，但有人提出了會讓劇目選擇變得很困難的意見，那就相當於是禁止演戲了嘛……」

「不是也有並非以一對男女為主角的話劇嗎？」

「嗯咕咕。」

要比辯論的話，鳥越那方好像比較強。

「如果今天提出的反對意見已經是全班所有的心聲，那提議做『那個』一定就沒問題囉。」

表情瞬息萬變的伏見，忽然又發出「嗯呼」的一笑。

感覺伏見好像在盤算著什麼。

「我一定要阻止，妳的陰謀。」

然而，鳥越似乎也想來個硬碰硬。

這兩個人的感情究竟算好還是不好，我真是完全搞不懂。

⑱我不懂什麼是「喜歡」 其3

「你用這個惡補一下吧。」
篠原把塞滿少女漫畫的紙袋遞給我，接著就馬上回去了。
雖然我也不是很想看，但應該可以做為參考吧，總之就先跟她借來再說。
「好多啊……」
竟然有幾十本。
「葛格，剛才有客人嗎？」
「是啊，篠原剛剛來過，她把她推薦的少女漫畫借給我。」
「咦。」
明明是非假日的晚上，篠原卻專程拿東西過來，說實話這點得感謝她。
「葛格跟相撲老大，是什麼關係啊？」
「什麼關係……」
只交往了三天的前女友——很難說出口啊。

「中學二年級的時候，我跟她同班。她小時候跟鳥越也是好朋友，大概就這樣吧。」

呼嗯——茉菜只是用鼻子哼了一聲。

我拿著沉甸甸的紙袋，爬上階梯。結果茉菜也跟在我後頭。

「幹麼？」

「我很好奇那些漫畫的內容。」

啊，是嗎——我不理會她逕自進入房間。

篠原很細心地把同一部作品捆在一起，這樣就很好找了。

裝在紙袋裡的，共有四部漫畫。全數加起來四十六冊，難怪會這麼重。

我坐在床上，茉菜也來到我身邊。

「這些全都是已經完結的作品嘛。」

看了看漫畫標題，茉菜這麼脫口咕噥一句。

我原本以為茉菜對這種次文化應該不甚瞭解，不過既然連她都聽說過，就代表這些作品很有名吧。

「那麼首先隨便挑一本，就從這部開始吧。」

我隨手抓起一冊，身旁的茉菜則湊過頭來一起看。

「妳擠在我旁邊，我很難看下去。」

「有什麼關係，有什麼關係嘛，因為人家對漫畫的內容也很好奇呀。」

茉菜緊貼在我身上，盯著我手中的頁面。

即便我對她說，之後我再借妳，她也沒有想離開的樣子，只是催促我「快點，翻下一頁啦」。

真沒辦法啊，我雖然不甘願但還是忍受她的舉動，繼續翻著書頁。

「……一個平凡無奇的女孩邂逅了班上的帥哥～這簡直是王道中的王道嘛。」

「是這樣嗎？」

「沒錯沒錯。呼呼呼，跟葛格好像喔。」

「哪裡像了？」

「把男女性別倒過來，不就一樣了嗎？」

是指我跟伏見嗎？可是我和伏見從小就認識了，跟漫畫的劇情還是不太一樣吧。

由於平常我都只看少年漫畫而已，要適應少女漫畫得花上一點時間。

「嗯呼……GyunGyun。」（註5）

漫畫裡甜蜜的劇情發展，快把茉菜萌死了。

GyunGyun？

註5　日文狀聲詞「Gyun」是比「Kyun」更加強語氣，代表怦然心動的擬音。

「茉菜之前說過，所謂『喜歡』就是把對方的事看得比自己還重要，對吧？」

「嗯——？怎麼了嗎？」

「照這種理論，喜歡的時候雙方一定要有一定程度的認識。不然就無法成立了啊？」

但在這部少女漫畫中，第一集還沒結束女主角就愛上了男主角，以書裡的時間來說還不到一個月哩。

是臉嗎？

果然是臉的緣故吧？

只要是帥哥就能超越時間的限制？

「唔——或許是那樣吧。在我心目中，『喜歡』這種情感，是一種只有對葛格才會有的心情。因此到目前為止，我能下的定義也只有這個而已。」

茉菜嘟起嘴脣，露出有點複雜的表情。

借茉菜的話來說，我就是還找不出「喜歡」的定義吧。

「意思就是妳還沒有初戀囉？」

「呼呼呼，葛格就是我的初戀對象♡」

她以流暢自然的動作挽起我的手臂。

這傢伙太惹人憐愛了吧。

明明是辣妹，卻跟其他異性絲毫沒有瓜葛。

「之前我好像也問過類似的問題，葛格到底比較想喜歡誰？」

——想喜歡誰——

從這個角度問問題倒是我沒想過的。

由於我不清楚該怎麼回答，為了拖延時間，我繼續翻動書頁。

「究竟是姬奈姊姊？還是鳥姊姊？」

「我哪知道。」

這不是要選誰的問題，而是我還沒找到自己心目中的選擇標準。

「那麼那麼，我呢？葛格是喜歡還是討厭？」

「真要問的話，是喜歡吧。」

「太棒了！」

茉菜不但廚藝高明，還照顧我許多生活起居，當我認真提問時，她也願意認真回答我。

「那麼，姬奈姊姊呢？鳥姊姊呢？相撲老大呢？……以葛格的個性，如果討厭她們就不會跟她們一起玩了，對吧？既然如此，就代表你對她們都有一定程度的喜歡。」

「或許吧。」

「不過，這種喜歡，就算只是 Like 的程度，也不是每個人都一樣吧？或者該說是喜歡的形式不同，內涵不同之類。」

該怎麼說明才好呢——？茉菜絞盡腦汁試了各種形容方式。

至於我，究竟是怎麼看待這個問題的……

過去我從來沒認真思考過這件事啊。

「剛才所列舉的名字當中，最喜歡的人是？」

茉菜閃爍著亮晶晶的一雙大眼這麼問道。

「就是因為我無法確定，現在才會這麼困擾嘛？」

「討厭啦！你現在應該要用很帥氣的聲音說『妳是我心中的第一喔，茉菜』才對啊！葛格就是這麼遲鈍，都不會托著人家的下顎凝視人家的眼眸！」

「妳要求太多了吧。」

「葛格，你連對自己的情感也那麼遲鈍嗎？」

乖乖——不知為何她摸了摸我的頭。

「像這部漫畫裡所描寫的，宛如教科書般標準的墮入愛河方式，恐怕世上根本不存在吧。」

對於建議我用漫畫惡補的篠原，茉菜全盤否定掉了。

「例如妹妹愛上哥哥這種超越世俗規範的事，在現實不是也存在嗎？」

「嗯？」

「呼呼呼，好像有些漫畫也是這種內容啦。」

……剛才茉菜是這麼說的吧。

她能下的定義就只有那樣，重點在於「我自己是怎麼想的」。

若以一般人的基準，搞不好茉菜所認定的喜歡並不是愛情也說不定，但對茉菜自己來說，那樣就算是十足的「墮入愛河」了。

「妳的想法還滿有深度的，明明是個辣妹。」

「因為我的頭腦比葛格好啊。是說這跟辣妹一點關係都沒有吧。」

咿嘻嘻——她害羞地笑了。

我們繼續靠在一起看漫畫，但不久後茉菜便站起身。

「真是的，這部漫畫在別人面前根本看不下去嘛——」

她用手覆蓋露出陶醉表情的臉衝出房間，我隔著門又聽到她的聲音。

「你一個人看吧，之後再借我——！」

「沒問題。」

女主角跟男主角間的互動有許多會讓人臉紅心跳的內容，好像是這個，讓茉菜忍不住露出快融化般的笑容吧。

這位女主角，每次在想男主角的時候，都會發出「Kyun」或「Doki」，以及

「SowaSowa」、「MoyaMoya」等等的狀聲詞，來認定自己的這種情感叫「喜歡」，她就是透過這種方式，為雙方的互動貼上「戀愛」的標籤吧。（註6）

正如茉菜所說的那樣，我對自己的情感好像也相當遲鈍。

但上述那類的狀聲詞，過去在我心中也響起過許多次。

註6　日文狀聲詞「Doki」是形容心跳加速的擬音。「SowaSowa」是形容坐立難安的擬音。「MoyaMoya」是形容悶悶不樂的擬音。

⑲好想要暱稱

早晨的導師時間結束了，小若一離開教室，伏見就像是突然想到似地大聲宣布。

「啊，今天放學以前志願調查表就截止收件囉，還沒交的人請在回家前拿給任何一位班長——」

對喔，今天就得收齊了。

至於導師剛才為何沒提，恐怕是連她自己都忘了今天是截止日的事吧。

話又說回來，伏見，妳記得還真清楚啊。

「班長大大，這個拿去。」

在嘈雜的教室當中，女網社的本間把一張輕飄飄的調查表擱在我的課桌上。

「不可以偷看喔。」

「妳這麼說反而會讓對方更想看吧？」

「其實我也沒寫什麼了不起的東西，就算被看了也沒關係啦。」

本間咧嘴笑道，隨後便裙襬飄逸，轉身回到她的那群好友堆了。

所謂看了也沒關係就代表我可以看囉？

男生全部都把調查表交到伏見那邊，女生也有將近一半交給她。

因此，我對他人畢業後有什麼打算幾乎是一無所知。

「……」

我輕輕掀開那張倒蓋的影印紙偷看一眼。

『美容師專門學校——』

上頭用很有少女風格的圓滾滾字跡這麼寫道。

本間她，想當美容師啊。

至於第二跟第三志願的欄位都是空白的。

「小諒，你寫好了嗎？」

咚咚——伏見把已經收來的一大疊志願調查表在桌面上敲整齊。

至於我的那張，始終都躺在抽屜裡沉睡維持一片空白。

即便從抽屜裡拉出來，我還是對自己的志願一點概念都沒有，就在我想要慎重考慮的這段期間，那張紙已在抽屜的深處變得皺巴巴的。

「關於前途的事，我根本完全無法想像啊。」

「你隨便先寫些什麼就可以了，怎麼偏偏在這種地方突然認真起來呢。」

伏見發出噗哧一笑。

被向來正經八百的伏見這麼吐槽，我的心情也輕鬆了些。

鳥越這時把自己那張調查表拿來了。

「拿去。」

「好。」

我確認鳥越已經返回座位，才偷偷看她那張志願調查表。

『公立大學，文學院，如果可以最好是本縣的學校。』

鳥越過去曾提過她想上文組的公立大學，原來是以文學院為志向啊。

「……」

現在才想到這個好像有點後知後覺，不過大學裡，還有科系的分別啊。

文組只能算是一種很粗略的分類，要讀文組裡的哪個科系，這點也要想清楚才行。

「唔唔唔……話說回來，理組也不適合我啊。」

「小諒！」

伏見的上半身猛然朝我這倒過來。

「唔哇，妳嚇我一大跳。怎、怎麼了？突然靠過來。」

「我剛剛才想到，小諒，你究竟打算稱呼我伏見到什麼時候呀？」

「到什麼時候……只要伏見還是伏見我就這麼叫。」

「我不是那個意思！」

「冷靜，冷靜一點啊。伏見妳怎麼了，叫這麼大聲，大家都會往這邊看喔——？」

察覺到教室裡的目光都集中過來後，伏見先是輕咳一聲，這才壓低音量。

「在小學的時候，你明明叫我小姬奈的，升上中學後卻突然改變叫法？那時候，我因為被你用姓氏稱呼，感覺很寂寞呢。」

「……那是因為我覺得很不好意思啊，叫女孩子時加個什麼『小』的。」

「所以你才改口稱『伏見』逃避嗎？」

剛才她是在模仿我的口氣嗎？總覺得有點不懷好意啊。

「我才沒有逃避哩。」

這傢伙，有時候說話也挺毒的嘛。

「小諒，聽好囉，伏見也是某個地名。」

「但它也是姓氏啊。」

「不要故意唱反調！」

「對了，關於校慶攤位的教室布置部分，妳有什麼好點子嗎？」

「這個嘛——嗯呼呼……等等，別想轉移話題唷。」

被抓包了。

「如果覺得加個『小』字很丟臉，直接叫我的名字姬奈也行呀？」

「妳覺得可以、我覺得不行啊。」

「啊，那這樣吧，幫我取個暱稱。就像篠原同學叫你高諒那樣。」

「伏姬——這樣好拗口啊。」

仔細一想，我從來沒幫伏見取過綽號。

從以前到現在，我不是叫她名字就是叫姓氏。

「Hina怎麼樣？」（註7）

她開始自己提議了。

「難不成，妳很嚮往彼此用綽號相稱的情誼？」

「唔咕。」

「竟然真的有人，會直接以聲音表現出心事被說中的樣子啊。」

「畢竟……我從小到大不是被人冠以同學的稱謂，不然就是被你加上『小』，都沒有人用暱稱叫我……」

有些人的氣質比較容易被取暱稱，有些人則不然。

伏見斷然屬於後者。

雖然真要問起來，也不知道具體的理由是什麼，但她就是那種難以被人取綽號的

註7 日文「姬奈」的發音為「Hina」。

角色，這點我是隱約可以確定的。

「那，公主好了。」

「我討厭那個。把我抬太高了，聽起來反而像是在諷刺我。」

好吧，儘管她本人討厭，但我覺得這個暱稱一語雙關簡直是再適合她不過了。（註8）

當討論陷入僵局時，我把鳥越召喚過來。

「鳥越在嗎──？伏見說她很想要一個暱稱耶。」

「暱稱這種東西，應該不能勉強別人怎麼取吧？」

我一叫鳥越就來到旁邊。

「擅長取暱稱的人應該是茉菜，她現在還是叫姬奈姊姊，叫這個不好嗎？」

「果然，令妹很在行。」

鳥越似乎頗能認同地喃喃說道。

「『叫鳥姊姊實在是太拗口了，以後可以叫妳 Shizu 嗎？』──看，茉菜傳了這樣的訊息過來。」

──Shizu？……啊啊，是取自靜香裡「靜」的發音吧。

註8　日文「姫」也是公主的意思。

我瞥了鳥越一眼，的確，「Shizu」這個暱稱太符合她的氣質了。就算她的名字裡沒有「靜」，鳥越這個人也跟「Shizu」的感覺非常搭。

「那傢伙，還真行啊。」

「既然令妹已經那麼叫伏見同學習慣了，或許沒必要特地要求她改吧？」

「拜託……誰快用『Hina』這個暱稱叫我吧……我從中學時代，就想好了這個叫法一直保留著……」

趴在課桌上的伏見，感覺整個人好像快融化了。

鳥越噗一聲笑了出來。

「那個名字，聽起來好像什麼地下偶像喔。」

鳥越對伏見珍藏了數年的暱稱給予致命一擊。

「如果願意讓我叫的話，我就這麼稱呼妳吧。」

「鳥越同學！」

伏見猛然站起來用雙手緊握住對方的手。

「Hina。」

「是的！」

嗯——鳥越也點點頭，看起來一副很開心的樣子。

⑳ 主角光環與自卑感

「所以，小諒，你的志願表打算怎麼辦？」

午休時間，很難得來到物理教室的伏見，坐在我對面這麼問道。

「對了，伏見妳自己又是怎麼寫的？」

沙沙沙——她在書包裡翻找片刻，最後拿出自己那張影印紙。

『演員』、『演員』、『演員』。

從第一志願到第三志願全都只寫了這兩個字。

我望著伏見，她能如此抬頭挺胸公開宣布自己想做的事，還真是了不起啊。

「高森同學，那你寫了什麼？」

鳥越也坐到我隔壁的座位。

平常她明明都會保持一定的距離，只有今天不知是怎麼了。

「我的還是白紙一張。」

「是嗎？」

「繳交截止日只到今天耶？你如果遲交又會被小若碎碎唸唷——？」

我當然知道——我做出不耐的樣子揮揮手。

「真羨慕能一下就立定志向的人啊。」

「…………是，這樣嗎？」

伏見莫名隔了半拍才這麼回答，臉上的笑容也頗僵硬，這讓我有些好奇。

「Hina，不要什麼事都對高森同學催啊催的，每個人都有他自己的步調。」

「我沒有催他啊。更何況繳交截止日很久前就知道了，每個人考慮的時間多寡都是公平的。」

「為什麼妳今天會跑來物理教室呢？那些跟班沒繼續糾纏嗎？」

「我把他們甩掉了，放心吧。」

真的甩掉了嗎？不會等一下又跑來這裡找人吧。

「鳥越同學還不是一樣，平常都坐比較遠的位置，今天怎麼突然坐過來？」

「沒什麼，因為只有我一個人坐比較遠，感覺很奇怪而已。」

那兩人每交談一句話，就感覺語氣越來越有火藥味，而空氣裡的滯重感也隨之等比例增加，這難道是我的錯覺嗎？

「好、好啦，比起那個，大家先吃飯吧。」

那兩人同時對我嘆了口氣。

怎麼了？我又哪裡做錯了？

趁大家各自吃起便當，對話也中斷的這個時機，鳥越為了方便讓大家看螢幕而把手機擱在桌上。

「之前的那個，我創了一個伏見的帳號上傳了。」

「之前的那個——難道是指，坐在床上的訪談嗎？」

「沒錯。」

這樣呀——伏見的口氣聽起來很悠哉，不過那段影片的訪問流程就跟A片開頭一樣耶……

雖然我在鳥越的拜託下，勉強把影片剪輯過，但完全沒想到她會真的上傳。

「好像已經有很多人按讚了喔。」

只見她在手機畫面上滑了幾下，往下拉到評論以及按讚的數字那邊。

「隨隨便便就三百個讚了!?而且也已經有兩百個訂閱了。」

「咦？什麼、什麼？那樣很了不起嗎？」

伏見一臉天真無邪的表情，交替看著我跟鳥越。

「這個帳號才剛創立，所以有這種數字已經很嚇人了。」

留下評論的，還是以男性居多。

由於伏見一開始說了自己的本名，所以我把那段剪掉了，總不能把她的本名公諸於世吧。

啊啊，果然還是有人留下『這是A片嗎？』的評論。

「關於名字那部分，怎麼全部剪掉了？」

「那樣比較好。」

是嗎？伏見用眼神詢問我，我只好向她點點頭。

「最好不要讓網友知道這個人是誰或是住在哪裡。要不然，大家就會知道影片裡的人是伏見姬奈，搞不好還會有陌生男子跑來妳家。」

「咿耶……」

大概是在想像那種場景吧，伏見瞬間臉色鐵青。

「不過，真有人那麼閒嗎？」

「Hina，妳真的是現代人嗎？」

「我原本以為妳只是對網路世界比較生疏，沒想到竟天真到這種地步。」

「咦咦咦……難道剛才那些都是一般人的常識嗎？」

我跟鳥越同時對她點點頭。

「Hina，妳在料理和網路方面的知識都跟老阿婆的等級一樣。」

鳥越的評價還真辛辣啊。

「伏見，妳中學的時候也……」

「中學的時候？有發生過什麼事嗎？」

啊啊，看來當初並沒有直接讓伏見知道。

在伏見一無所知的情況下，掀起了一次小小的跟蹤狂騷動。

幸好，當時在一群喜歡伏見的可怕學長們、惡狠狠瞪那個跟蹤者的協助下，才幾乎沒造成當事人伏見任何損害。

「Hina，所謂網路其實是個很可怕的地方喔。」

「這樣啊。」

她除了毫無防備外也沒有任何危機意識，這讓我非常在意。

「既然機會難得，要不要來拍第二部？」

「我ＯＫ唷。」

伏見一下就答應鳥越的提議，接著這兩人便以視線詢問我。

「嗯，好啊，就這麼辦。」

反正我又不是沒空，也找不出什麼反對的理由。

接下來的午休時間，我們剛好可以討論第二部片子該怎麼拍的問題。

「那麼，感覺就像是把上次說過的那些內容，表現得更具體一點……」

鳥越Ｐ提供了各式各樣的點子。

我跟伏見也沒有其他特別想拍的主題，於是便雙雙點頭同意她了。

「真期待耶，大致上也是一樣的感覺吧。」

「什麼一樣？」

「校慶的——————」

啊——伏見露出說溜嘴的表情，硬生生把話嚥了回去。

「Hina，妳校慶的時候到底想企劃什麼？」

「如果要擺脫掉各種反對意見，又能讓班上更多人參與、活躍——的話。」

我統整一下上回開會同學們提出的意見後，鳥越便如此咕噥道。

「難道是獨立製作電影之類的？」

「唔咕。」

「猜中了嗎？」

獨立製片……

我試著在口中喃喃說了一遍。

「對呀，嗯，沒錯。我一直好想嘗試一下。」

伏見彷彿很害羞地，將筷子插入便當裡。

「小諒當導演，鳥越同學負責劇本，如何？」

這問題叫我怎麼回答。

鳥越的心情似乎跟我相仿，因此我們在不約而同的時機朝彼此對望了一眼。

吧。

「當然，我負責演主角。」

伏見的口氣及眼神，充分傳達出她堅定的意志與當仁不讓的霸氣。

如果是別的女生，像這樣說自己想演主角，恐怕只會得到妳真的夠格嗎？或有沒有別的女生想演？等等的駁斥意見，然而換成伏見說這句話，肯定沒有人會出面反對吧。

伏見姬奈這個女生的容貌，就是跟其他人有著如此巨大的差距。

中學的時候也是，她平白無故就被學姊盯上找麻煩，結果盯上她的人反而被伏見的粉絲們群起攻之，伏見的外表與人氣真是不同凡響。

當然由我負責演主角——她的這項主張的確令人心服口服。

她自認這塊領域是她的獨擅勝場，所以不想交給其他人負責，也絕不可能讓出給其他人，這充分表現出她的自我中心。

伏見會如此貫徹自我主張的情況，在其他場合我從未見識過。

第二次籌備會只要提出這個企劃，大家想必都會贊成吧。

「這就是主角光環嗎，別人根本完全無法比擬……」

過了半晌，鳥越才終於開口。

「這個，應該是 Hina 的其中一個想法吧？或許還有別的方案？」

鳥越的反對意見表達得相當微弱。

「這個嘛……」氣勢略略減退的伏見，也露出有點複雜的陰鬱表情。

「我想，不管是小諒或鳥越同學，一定都能勝任才是。」

「自己想做的事，不要把別人……高森同學牽扯進去好嗎？」

「我並不是那個意思……」

眼看伏見露出好像很悲傷的表情，鳥越的臉上也寫著大事不妙。

「真抱歉……」

把吃到一半的便當收起來，她拿起自己的東西走出物理教室了。

「喂、喂，鳥越──」

我把頭探出門外的走廊，正好看到她跌了個狗吃屎的瞬間。

哎呀……

鳥越手上拿的便當，也在走廊上灑了一地。

我一邊無奈地搔著頭，一邊走到她身邊蹲下。

「妳還好吧？有沒有哪裡痛？」

「……謝謝，我沒事。反正，你一定覺得我是個心理有病的女人吧。」

「我才不會那樣哩。只不過，我覺得妳對伏見有點太吹毛求疵了點。」

「我偶爾也會有一、兩次，想照著自己內心的想法去做啊。」

「那是因為伏見她啊，散發的能量跟普通人完全不同。」

「嗯。」

對喔。

我望著鳥越，終於想通了一件事。

伏見熱衷於戲劇，懷抱遠大的夢想，身上又籠罩著強烈的主角光環——我對此感到自卑了。

因為我什麼都沒有。

既沒有想完成的目標，也不像伏見那樣做什麼事都得心應手。

伏見讓她身邊的人們紛紛自嘆不如。自己是不是完全比不上她——我對此有切身的沉痛體會。

伏見本人當然不是故意這麼做的，但只要待在她身邊就會……

我聽見鳥越的鼻子發出抽泣的聲音，眼角也溢出了豆大的淚珠。

我默默摩挲著她的背。

「其實我……也很想更進一步瞭解高森同學的事，想要更喜歡你，但我卻無法得到那樣的時間……」

鳥越很罕見地發出了充滿情感的啜泣聲，這略略撼動了我的內心。

只是，她當著我的面吐露這些事，我實在不知道該以何種表情面對她比較好。
「沒事吧——!?」
伏見慢了半拍才從教室出來，手上還拿著兩把掃帚與一把畚斗。
「抱歉，我突然感覺不舒服。」
「哪裡，別在意。午休時間快結束了，我們趕快打掃一下吧。」
把走廊簡單清理完畢後，將掃具放回掃具櫃。
刻意反駁或對伏見的意見挑毛病，或許是鳥越一種表達內心志氣的方式吧。

放學後。
「鳥越同學。」
我正在寫教室日誌時，伏見叫住了鳥越。
「啊，抱歉，我今天有圖書股長的輪值工作。」
鳥越只是這麼說道，便逕自走出教室了。
伏見踏著搖搖晃晃的不穩腳步返回座位。看她那副垂頭喪氣的模樣，就像是受到一輪猛攻後在兩個回合之間喘息的拳擊手。
「小諒，怎麼辦……我好像，被鳥越同學，討厭了……」
她大大的溼潤雙眼彷彿隨時都要潸然落淚。

「她不是說她輪到今天值班嗎？我想她並沒有討厭妳吧。」

現在仔細想想，鳥越那傢伙，該怎麼說，也挺了不起的。

朋友歸朋友，情敵歸情敵，總覺得她面對伏見的態度可以視各種不同的場合來切換。

「是這樣嗎……」

關於篠原那件事，我應該也請鳥越幫忙以便確認她的心境才是。

「會不會單純只是鳥越不中意伏見的提案而已？」

「是這樣嗎……」

伏見在椅子上抱膝而坐，身軀好像越縮越小了。

「就算吵一次架也沒關係吧？不是有人說不吵不相識嗎？」

「用眼神吵架以前就經常發生了。」

「咦？」

是喔。

不過換作是我，連可以吵架的朋友都沒有啊。

硬要說起來，篠原算一個？

一個可以推心置腹，說起話來毫無任何顧忌的對象。

嗚咕——伏見開始真的哭了起來。一旦演變成這樣，我說什麼她都聽不進去了，於是我默默在教室日誌裡振筆疾書上課內容與班上的情況。

我記得，在篠原借我的少女漫畫中也有類似的場景。

女主角跟好友吵架過後，內心感到悶悶不樂的橋段。

在那部漫畫中，雙方之間有一點小誤解是吵架的原因，但伏見跟鳥越的情況，感覺卻不是這樣。真要說起來，她們算是在吵架嗎？這兩人的關係就是如此複雜難解。

「把這個交給小若後，要不要順道去圖書室一趟？」

「我不知道……如果我主動出聲又被她無視怎麼辦。」

隨時都保持陽光開朗的伏見發出了不像她作風的悲觀臺詞。

「真的這樣的話到時再說。」

「那樣太不負責任了吧。」

「那妳要不要趁現在模擬一下被無視時的對應方式？」

「這種模擬也太悲哀了吧……」

不過順道去圖書室一趟這點，她好像勉強同意了。

我拿起已經寫完的教室日誌跟書包，先前往教職員辦公室。

小若好像不在座位上，這真是不幸中的大幸啊。我們把收好的志願調查表疊整齊放在她的辦公桌上。

然而我的那張並不在其中。

吧。

反正老師本人好像也忘記要收這個的事了，只要這禮拜內交出去應該就沒問題了

在走出辦公室朝圖書室前進的途中，我明顯看出伏見的臉色愈發緊繃起來。

「我都冒冷汗了……」

「搞不好，對方也覺得這樣心裡很不自在，正在努力設法化解尷尬呢。」

「真是那樣就好了……」

她用力緊閉住雙眼，「嘶——哈——」地深呼吸了好幾遍。

「……」

這種在教室裡不曾出現的舉動，令我不禁覺得非常可愛。

砰——我把手擱在她的頭上撫摸。結果她脖子一扭，仰頭看向我這邊。

「啊，抱歉。我擅自摸了妳的頭。」

「沒關係啦，只是覺得很稀奇。」

欸嘿嘿——伏見緊繃的表情放鬆開來。

我放下手收回自己的口袋裡，伏見則似乎很惋惜地盯著我那隻手不放。

「一定不會有事的。」

打開門走進圖書室，位在櫃檯後的鳥越，正仔細閱讀手邊攤開的書。

她似乎非常專注的樣子，完全沒察覺我跟伏見走到這裡。

由於期中考才剛結束，室內除了我們外似乎沒有其他人。

「妳好像很閒嘛。」

「……啊啊，是高森同學。」

「這裡，還有伏見喔。」

我用拇指比了比自己的後面。

「咦？Hina 也來了？」

鳥越不可能沒看見吧——我這麼懷疑並轉頭往後一看，結果一個人也沒有。

……那傢伙，跑哪去了？剛才明明還跟在我後面啊。

「……」

這時，圖書室的門被緩緩打開，伏見探出一張臉。

「妳在搞什麼，快過來這邊啊。」

唰唰唰——伏見小跑步過來，躲進我的背後。

都到這裡了幹麼還畏畏縮縮的。

「怎麼了嗎？」

「哎，伏見她……覺得自己被鳥越討厭了，剛才還真的在教室哭了起來。」

呼呼——鳥越靜靜地笑了。

「為什麼覺得我討厭妳？」

「因為……妳剛才很冷漠……」

「鳥越她，一直都是一副雲淡風輕的樣子啊。」

「請不要誤解了，我只是反應比較平淡罷了。」

看吧——我對依然拿我當盾牌躲在後頭的伏見這麼說道。

由於伏見還是一副猶豫不決的樣子，我硬是把她推到鳥越面前。

「鳥越，妳應該不是因為討厭伏見才反對她的提案吧？」

「嗯。我雖然說我反對，但事實上也不算反對。」

當自己的意見被他人反對時，總會認定對方是拒絕了自己整個人，這種情緒我也不是不能理解，不過鳥越並不是那種人。

「鳥越同學……那個……關於我的提案，我是希望大家都能樂在其中……」

「妳先等等——」

「咦？」

「我都已經如妳所願叫妳 Hina 了，Hina 也該改變對我的稱呼吧。」

「那我該怎麼稱……」

「就像我叫篠原同學小美一樣，妳也可以叫我小靜，或者像高森同學的妹妹一樣叫我 Shizu。」

「那，我選小靜……可以吧。」

伏見怯生生地答道，鳥越點點頭。

「嗯。」

之前伏見膽顫心驚的表情，如今也慢慢恢復正常的模樣了。

這時我偷偷瞥了一眼鳥越的手邊，她本來在看的書已經闔上了。看到書的標題我不由得啞然失笑。

「鳥越，怎麼妳一副躍躍欲試的樣子啊……」

那本書的書名是《初學者也能理解的劇本撰寫法》。

「啊……」

鳥越立刻將書藏到背後。

「……這個，只是……剛才有人恰巧來還的……」

看起來很不好意思的鳥越，支支吾吾地這麼說道。

「這、這並不代表我要照 **Hina** 的企劃案去做喔……」

「我認為妳很適任啊，鳥越。雖然是以那個方案通過為前提，但妳讀過了那麼多部小說，假使真有其他人想自告奮勇，妳在旁協助應該也不錯吧。」

嗯嗯嗯——伏見也猛烈點著頭。

「既然如此……那好吧……」

「那就請多指教囉。雖說還沒經過班上正式決定啦。」

兩個女生緊緊握了彼此的手。

這麼一來，這件風波也順利化解了。

從距離最近的車站走回家的路上，情緒格外高昂的伏見，以一臉促狹的表情湊過來問道。

「小諒，那你意下如何喵——？」

「什麼意下如何？我的志願嗎？」

「不是啦……你明明知道還裝傻，這樣不好唷？」

鳥越已經決定，之後就算負責獨立製片的劇本也不會有怨言了。

這麼一來，我的決斷便會受到那兩人的注目。

「所謂的導演……究竟該做些什麼啊……」

「這點你放心啦，大家都會一起支援你的。」

「不是有個更適合的人選，就近在我的眼前嗎？」

「咦？我嗎？」

「嗯，光就妳看過的電影數量，就能對電影該怎麼拍有明確的構想吧？」

「這個嘛，或許吧。」

自導自演。

如果是打棒球就是王牌投手兼第四棒，球隊裡的核心人物。
「況且就算不找我，班上可能也有其他合適的人選吧？」
「沒有唷。」
她斬釘截鐵地斷定道。
妳怎麼知道。
「因為，人家就是想讓小諒拍呀。」
「這算什麼理由……」
妳又不是小孩子了。
「雖說還要看題材，不過想必妳也希望認真拍一部片子吧。我可不想當那種，對工作隨隨便便、草草了事的人。」
若是要認真進行，事先就得做好各式各樣的準備。
包括器材、小道具，以及攝影的地點等等……
就是因為準備工作很繁瑣，當初開會我提議「班上每個人都貢獻一己心力」時，伏見才會想出拍電影的點子，這我可以理解。
「更何況，這件事也還沒經過大家的正式決定。」
「小諒應該看得出來吧，關於班上討論時的那種氣氛……大家都不主動說出自己想做的企劃，不是讓我們很困擾嗎？既然拍電影是能擺脫掉所有反對意見的提議，最後一定會通過的。」

不知不覺，我們已經走到伏見家的附近了。

「你要好好考慮唷！不對，應該說你要做好心理準備唷。」

發出嘻嘻嘻的笑聲後，伏見對我揮手說了「拜拜」便走進家門。

㉑校慶籌備會　其2

期中考的考卷發回來了，我的分數比預期中還要好。

「果然，小諒是只要努力就一定能辦到的孩子。」

比起我，毋寧說伏見那方好像更為欣喜。

我最危險的英文也躲過不及格的命運了。

「太好了，恭喜你躲過補救教學。」

當我拿回48分的考卷時，小若是這麼對我說的。（註9）

「今後，也要照這樣繼續進步。」

「懂了。」

或許是老師一時忘了吧，也可能是她打算另外找時機對我說，總之關於志願調查表的事小若一個字也沒提。

註9　日本的考試及格分數不一定是六十分。

緊接著，到了當天最後一堂課，也就是一整節的導師時間。

之前向小若報告籌備會進展時，她只是搔了搔腦袋說「好吧，反正這種事本來就很難搞定」。

『下次整節的導師時間，還是要開籌備會。班長們，會議主持就麻煩了。』

就像這樣，小若只是對我們單方面宣布而已，這次甚至到了開會時間老師也沒進教室。

「因為老師已經事先吩咐過我們，這堂課也要開校慶的籌備會議。」

我們一起站到黑板前，伏見首先開口說道。

我則把上回提出的反對意見——這個企劃絕對不想做，我很討厭這個等等的項目分別列在黑板上。

「既然如此，這次如果有『我很想做這個』的提議，就請舉手發言吧——」

正如我的預期，大家聽到「我很想做的企劃」就不說話了。

被問到不想做的時候，意見明明很多不是嗎？

咳咳——伏見先清了清喉嚨，彷彿很鄭重其事地說道。

「那麼，由我來提議可以嗎？」

伏見這麼說完後，整間教室都對她的發言屏息以待。

「要不要來拍一部，獨立製作的電影呢？畢竟，之前都沒人提出『不想拍電影』

的意見呀。」

我回頭確認黑板上的內容。

「嗯，伏見說對了，上次並沒有人明確提出這樣的反對意見。」

底下的同學們則七嘴八舌地說道。

「拍電影啊。」

「只限校慶當天上映，好像還不錯。」

「如果我被選為主角該怎麼辦啊？」

「放心啦再怎麼樣都不會是你的。」

原本一片死寂的教室，如今開始喧鬧起來。

伏見走回自己的座位，伸手進抽屜拿出一個裝滿影印紙的檔案夾。

難道說，這是她刻意製作的？

把所有細節統整起來，讓大家能更清楚明瞭的某種資料？

「這個，可以幫忙發下去嗎？」

我們在教室裡發那份說明，直到最後一張才遞到我手上。

「小諒，給你。」

「好的，嗯。」

上頭印著，拍電影的優點以及缺點。

「正如這份說明上所列出的，如果我們班拍電影，到了校慶當天，只需要少數人輪班，其他人都可以自由去玩。當然，班表是由大家公平分擔。其餘的時間，想跟男女朋友一起逛攤位，或去吃別班賣的零食都行，可以度過更多采多姿的一天。」

相反地，缺點就是事前準備時間較長。

然而，這並不代表需要占據同學們很長的私人時間，各項準備工作只要一點一點慢慢累積，最後趕得上校慶就行了。

「至於最大的優點——除了能留下在心中的回憶外，甚至可以變成一個檔案儲存下來。」

就算是在教室擺鬼屋或咖啡廳的攤位，到了活動結束也得拆光才行。

關於這點，如果是拍電影，大家所製作的事物就能以檔案的方式永久保存。

整間教室，都在認真聆聽伏見的簡報。

「既然是會流芳百世，就希望諸位都能卯足全力製作。」

我可以感受到，大家的心都被伏見的熱情打動了。

她像這樣一個人默默準備資料，又上臺簡報，而且還為了讓全班都有參與感，細心進行安排。

那張紙的背面，列出了所有的角色以及每項工作所需要的大致人數。當然，人數與班上的同學數量恰好吻合。

「怎麼樣？」

隔了一段彷彿眾人都在思索的沉默後，有位女生高聲表示。

「姬奈同學的這個企劃案，感覺不是很棒嗎？」

「就這麼一次，全班大團結，好好幹一場也不賴吧。」

「真好耶，這很青春。」

「我們是高二啊，正好處於青春的正中央嘛。」

「……青春啊，那我也贊成好了。」

伏見霎時露出一臉燦爛明亮的表情，回頭望向我。

對她的這種臉龐，我也只能苦笑地點頭。

「要拍哪種題材的電影呢？」

這時有個男生這麼提問，眾人立刻七嘴八舌地說著，拍這個好，拍那個好，我則將他們列舉出的選項一一記在黑板上。

好好好，以宇宙為舞臺的戰史——這怎麼拍得出來啊別鬧了。

反正姑且還是寫在黑板上。

「呃請先等等，我們能使用的預算上限是五萬……另外看小若老師的心情好壞，她好像最多可以再支援我們三萬元開銷的樣子。」

還有預算限制喔，這個我完全不曉得。

小若啊，最重要的事妳只吩咐伏見，這種判斷真是太正確了。

「小若竟然要自掏腰包三萬啊。」

「等一下等一下，還是要看那位老師的心情喔。」

小若滿滿的男子氣概（雖然她是女的），使全班都對這可能會有的支援激動起來。

「到底要拍一部什麼樣的電影——或許已經有人在想故事內容的問題了吧？那就是企劃跟劇本的工作了。目前這部分，鳥越同學好像有意願接手的樣子——」

突然被臺上點名，鳥越嚇得渾身顫了一下。

「如果要隨便想一個那還可以，但假使要很認真地思考劇本，恐怕就有點困難了……」

「靜默美人(Silent Beauty)鳥越……平常總是在看書的樣子。」

說實話她私底下也沒多安靜就是了，不過那些幾乎沒跟她來往過的同學們似乎都對她有這樣的評價。

雖說電影劇本跟小說的性質還是有點不同，但班上像鳥越看過那麼多故事的人，大概也找不出第二個了。

如果是動、漫畫，電影的話多少看過——班上這種人就不少了。倘若只需要這種程度，那我也能上了。

不過，自己親手撰寫一部作品完全是另一檔事，因此鳥越的幫手實在是很難挑選。

有個男同學彷彿在為大家的心聲代言般這麼說道。

「我想把這項工作，完全託付給ＳＢ鳥越。」

拜託，別用這種縮寫啊。

「那麼，劇本的工作，就決定是小靜囉。」

伏見若無其事地公開用暱稱叫鳥越，害鳥越又嚇得縮起脖子。

「小靜是？」

「就是鳥越同學啦。」

「因為她一直很靜默，所以才取『靜』這個字吧。」

「原來如此啊。」

這種解讀其實是個天大的誤會，一言不發的鳥越臉越來越紅了。

伏見喚了我一聲小諒，我便擦擦黑板，在空白的地方寫上『劇本ＳＢ鳥越』。

「ＳＢ是邊後衛嗎……？」有個足球隊的同學這麼咕噥了一句。

「那麼關於主演的部分。」

從這節導師時間開始以來，我這才第一次主動開口。

「我認為伏見很適合。」

彷彿很意外般，原本面向前方的青梅竹馬聽了我這番話朝黑板轉過頭。

不知為何，我總覺得她應該不會在課堂上毛遂自薦。

「那我是沒意見啦……」

某位女生這麼說道，接著便困惑地與鄰座面面相覷。

「是說，連故事內容都還沒決定，先討論主演是誰好像也沒意義吧？」

「既然有預算上限，太大規模的題材也拍不出來。考慮到戲服等等的成本，讓主角直接扮演真實世界中的身分——也就是高中生應該是最實際的選擇了。」

我這麼表示道。好吧的確——底下有一半人露出了恍然大悟的表情。

不過依然無法接受的傢伙也占了一半。

「可是大家都是高中生啊，那選誰當主演不都一樣嗎？」

有人提出這樣的看法，於是我對伏見使了個眼色。

她似乎明白我想說什麼，露出稍微猶豫片刻的表情，最後才終於點頭同意。

那我就不客氣囉，大膽說出來吧。

「伏見她有在上戲劇課。關於演技的部分，我想她比班上任何人都精湛才是。」

咦，真的假的？伏見同學想成為演員嗎？真了不起——

當同學們紛紛掀起騷動時，我為了制止大家的嘈雜又再度發聲道。

「況且。」

接下來才是最重要的部分。

「有誰能比伏見吸引到更多觀眾嗎？」

「只要好好宣傳，就能拉來不少人吧。」

「我朋友和對電影稍微有點興趣的人應該都會來吧。」

「所以說……」

「當他們聽說是要在教室播放電影時，又看到現場觀眾稀稀落落，甚至是根本沒人看——大家恐怕沒想像過那種情況吧？」

除非是非常感興趣的作品，不然大多數人電影都只會看一遍。更不必說是外行人拍的電影了，搞不好內容就只是無聊二字而已。

「大家都知道，伏見是位美少女。」

「等、等一下小諒！」

伏見的臉羞紅起來，神態也變得非常慌張。

「就吸引觀眾這點而言，在主演的部分，我認為沒有比伏見更適合的人選了。」

在今天的會議之前，我從來沒想過伏見會對一件事如此嚴肅認真。

過去這麼多年來我們一直同班，她也從未像今天這樣在臺上積極發言。

因此，我之前原本還打算，今年也要在校慶裡當個可有可無的小角色，隨隨便便把這場活動混過去。

但看來今年不能再那樣了。

她如此強烈貫徹自己的主張，徹底超出了我的想像。
她想擔任獨立製片主演的意志，就是這麼強烈。
既然她都已經如此強調她想演了，我當然要助她一臂之力。
而且我認為只要是她出演，就一定能勝任。
「難得有這個機會讓大家合作拍一部電影，我希望能讓更多的觀眾欣賞到。」
以結果而論，這番話成為了拍板定案的關鍵。
由於已經再也沒有任何反對意見，剩下的就只要聽本人發表感想了。
「什、什麼美少女呀，小諒真是的……討厭。」
伏見滿臉漲紅，害臊到完全忘了目前是在眾目睽睽之下。
「妳是要害羞到什麼時候啊……所以，女主角，妳怎麼說？」
「……我想當。」
因為她只對我回答，我以下顎比了比底下的同學那邊。
她的心情，我早就明白了，所以她該發表的對象，應該是底下那群而不是我。
「我只是……稍微上過幾堂表演課，並在舞臺劇裡登臺過一次罷了，然而比起大家，我或許對戲劇有更多的理解。因此，請大家把主角的工作交給我吧。」
伏見微微低下頭，臺下便掀起了掌聲。
「如果還有人吵著想當主角，恐怕又得爭論大半天了。」

「對啊對啊，拍電影有許多細節要敲定，哪有時間吵那個。」

「從男生的角度看，這個問題當然只有唯一解那就是公主囉。」

我和伏見對看了一眼，她露出嫣然一笑。

「小諒，謝謝你。」

「哪裡。假使一開始讓伏見自己爭取，或許就得對抗某些質疑跟反對的意見了。與其那樣，讓我打頭陣，大家也比較好說話吧。」

一旦與伏見為敵，就會被她的粉絲們群起攻之。底下的所有同學，或多或少都明白這點，所以我原本還擔心，會不會有人因此敢怒而不敢言。

就在這時下課鐘響了，大家紛紛從座位站起身。

當我將今天開會的結論統整在筆記本上時。

「小、小諒，你、你真的，那麼認為嗎？」

「咦？認為什麼？」

「就是，那個……」

伏見欲言又止，最後才終於低聲說道。

「我是位美少女……」

「這不是我怎麼認為的問題，而是客觀的評價啊。」

「～～～你很討厭耶！」

啪——我的肩膀被她打了一下。

「偏偏這種時候，你……真是的，我無言了……」

唉啊啊啊——伏見誇張地重重嘆了口氣。

「Hina，太好了，妳當上主角了。」

「嗯，謝謝。」

「還有，請勿在教室打情罵俏喔。」

「誰打情罵俏了啊。」

我的目光依然落在手邊的筆記本，頭也不抬地這麼否定道。

「因為只有我被形容是美少女，所以小靜不爽了嗎？」

嗯？

伏見出乎意料的反應讓我忍不住抬起頭，只見那傢伙彷彿背後冒出了黑色的邪氣，臉上依然掛著微笑。

「我只是想說，既然身為班長，主持會議時就該正經一點。」

鳥越也以微笑回敬。

……這是怎麼回事。

感覺這種狀況，就像是在火藥庫旁邊玩火一樣。

「其實我認為用男生當主角的劇本應該也不賴。」

「可以呀，沒差呀，反正我也能反串男生。」

「……的確，演男生對妳而言並不辛苦，畢竟妳的胸部。」

鳥越同學，鳥越同學，請妳不要點燃導火線好嗎？

「我才不是那個意思！我是指演技——揣摩男生心態的部分——我一定能勝任啦！」

慢著慢著。

「剛才的籌備會好不容易才順利告終，拜託妳們別吵架啊。」

「「我們才沒有。」」

為啥她們的默契會這麼好啊。

「我想延續剛才沒討論完的話題，妳覺得片長多長比較好？」

「一小時應該夠吧。不過，我想最後一定會拖得比較久，所以先以卅分鐘為規劃好了。」

剛才她們還火藥味十足，現在卻能心平氣和地交談……

女人這種生物，我真是不太能理解啊。

「上午、下午、傍晚，一共上映三場——」

比起要拍什麼內容的電影，鳥越跟伏見對電影院要布置成什麼樣子反而更熱衷。

隨便怎麼布置都好吧？我不經意插了這麼一句，那兩人卻突然沉默下來對我擺出臭臉，之後我只好一直閉嘴了。不得不說這真是明智的判斷。

到教職員辦公室把教室日誌交還給小若，那兩人一直聊到了校舍正面樓梯口還不打算結束。

話題從原本的電影，延伸到是否有讀過原著小說，然後又變成把哪本小說改編成電影一定會很有趣，總之就像這樣一個話題串著一個話題，根本沒完沒了。

這段期間，我一直像個局外人。

自己是不是該對電影、小說有多一點涉獵啊……

我都忍不住這麼懷疑起來了，畢竟我感受到一股強大的被排斥感。

「我希望能跟高森同學多談談關於獨立製片的事，所以想跟你們一起回去。」

伏見交叉雙臂做出一個打叉的手勢。

「不行，辦不到。」

她全力表達出抗拒之意。

「今天一天而已應該沒關係吧。只有Hina可以一起放學真是太詐了。」

「如果就稍微走一段路，或許沒問題——？」

「喂，我本人的意見呢？」

是說，鳥越回家的方向跟我們完全不同嘛。

到了不得不分歧的地點，鳥越也只好乖乖回去了。

不知為何，總覺得鳥越的模樣有點寂寞。

通過驗票閘門後，我們進入月臺搭上電車。

坐在空位上歇了口氣，但這時伏見又用她的學生便鞋輕輕踢了我的運動鞋兩下。

「幹麼？」

「沒事。」

呼呼——伏見好像很開心地笑了。

「小諒……你一定很喜歡我吧。」

突然被她這麼一說，我的心臟猛烈跳了一下。

「嘎!?」

「畢竟，你都在課堂上公然那麼說了，絕對是那樣沒錯。」

她以充滿自信的眼眸凝望我，然後又自然而然地挽起我的手臂。

「鐵定是那樣的。話說回來，被你那麼一誇獎，我反而變得更喜歡你了……」

……

「就、就說了，那是客觀的評價跟我主觀的意見無關啊……」

「那你的主觀意見是什麼，快告訴我嘛。」

伏見不滿地嘟起嘴脣。她端整的臉龐加上這種惹人憐愛的舉動，害幾乎看傻眼的

我不得不強行把頭撇開。

「下、下次再說吧。」

「呼呼，害羞了，害羞了。」

我才沒害羞哩——儘管這麼反駁，但我猜自己恐怕一點說服力都沒有。